ラルーナ文庫

巡り愛鬼神譚

高塔望生

JN153904

三交社

CONTENTS

Illustration

小山田 あみ

巡り愛鬼神譚

本作品はフィクションです。
実際の人物・団体・事件などにはいっさい関係ありません。

天帝が統べる天界は、四方を預かる四天王とその眷属《けんぞく》である鬼神により守護されている。

最上層には天帝の住まいである宮城と、神官長が掌《つかさど》る神殿があり、宮仕えの天人や神官、覡《かんなぎ》などが住んでいる。

覡とは、身に備わった神通力で先読みをしたり穢《けが》れを祓《はら》ったりする男子の巫子《みこ》のことで、天人の中でも特に選ばれた存在だった。

人の世の時間で、今から八百年あまり昔。

宮城を警護する鬼神の若武者と覡が、許されぬ恋に墜《お》ちた。

天界では、古来より身分によってそれぞれ属する階層が定められている。

最上層に住むことを許された覡と、四天王の眷属である鬼神では身分が違いすぎた。

それでも、いかなる障害も乗り越え、いつか必ずともに暮らせるようにしたい。

秘めた恋に身を焼きながら、ふたりは固く誓い合っていた。

にもかかわらず、ある日突然、覡は愛を誓ったはずの鬼神を捨て、神官となる修行を積むために神殿の奥へと引きこもってしまった。

恋人を失い失意に打ち拉《ひし》がれた鬼神には、さらなる仕打ちが待っていた。

神聖な覡を邪《よこしま》な想いにより穢したと咎《とが》められ、天界からの追放を言い渡された。衆望も厚く、いずれは父の後を継ぎ一族の長《おさ》となり、鬼神界を束ねていくひとりとなると期待されていた若武者は、天界と人界の狭間《はざま》へと墜とされてしまったのだった。

バロック期を代表する画家の絵が一堂に会する展覧会が開催されている板倉《いたくら》美術館新館は、長蛇の列ができる大盛況だったが、平安から江戸時代にかけての焼き物を中心に展示された本館の方は閑散として静まりかえっていた。

一昨年亡くなった某社会長が、祖父や父の代から三代かけて蒐集《しゅうしゅう》した『嶺岸《みねぎし》コレクション』は、日本でも有数の古美術品コレクションとして有名だった。

それが先々の散逸を防ぎたいとする遺族の意向により、板倉美術館に一括寄贈されたと報道されたのは会長が亡くなってすぐのことだった。

それから二年近くかけての整理作業が済み、ようやくコレクションの一般公開が開始されると知り、杏宮渚《はるみやなぎさ》は早速駆けつけてきた。

だが、光の魔術師と称される画家の絵と較《くら》べると、やはり地味さは否めない。

週末ならいざ知らず、平日の昼間は人影もまばらで空《す》いていた。

でもだからこそ、誰《だれ》にも邪魔されずじっくりと好きなだけ眺めていられる。

淡い光を浴びて閑《しず》かに佇《たたず》む猿投窯《さなげよう》長頸壺《ちょうけいこ》の前で、渚は絶世の美人に魅入られたように立ち尽くしていた。

展示された数々の名品の中でも、これは特に地味な部類に入るだろう。

絵付けもなく、しかも口が少し欠けている。見る人によってはただの古びた壺《つぼ》にすぎないし、そもそも陶器に対して美人という言い方はおかしいかもしれない。

だが、白い肌に明るい青緑の釉《うわぐすり》がかかった壺は、渚の目にはそうとしか表現しようがないと思える優美さと映っていたのだった。

黒目がちのアーモンドアイを微《かす》かに眇《すが》め、渚はやや俯《うつむ》きがちに半ば焦がれるように猿投の壺を見つめていた。

その時、不意に背後から靴音が聞こえた。

天井の高い古い建物で床が板張りのせいもあってか、靴音は静まりかえった展示室内に反響するようにコツコツと響いた。

集中を破られ顔を上げた渚は、次の展示品に移ろうとして、ふと背後を振り向いた。

見るからに仕立てのよいブリティッシュトラッドの三つ揃《ぞろ》いに身を包んだ堂々たる体軀《たいく》の男性が、真っ直《す》ぐに渚を見つめて立っていた。

浅黒く鼻筋の通った端整な顔立ちは優しげにも見えるのに、切れ長の目は鋭く冷ややかで酷薄ささえ感じさせる。

たった今まで我を忘れて見とれていた猿投の壺の、はんなりとした閑雅さとは対極にあるような存在に思われた。

それなのに、まるで視線が吸い寄せられるように、どうしても男性から目を逸《そ》らすことができなかった。

ともすれば日本人はスーツを着るのではなく、スーツに着られてしまうことが多いが、男性はミッドナイトブルーのツイードスーツをごく自然に品良く着こなしていた。

広い肩幅や厚い胸板、腰の位置が高く、膝《ひざ》から下が長い足。おそらく筋肉質のガッチリした身体《からだ》をしているのだろうが、不思議と威圧感は感じなかった。

柔よく剛を制す、という言葉がとてもよく似合いそうだ、とふと思う。

三メートルほどの距離をおいて、男性もじっと渚を見据えていた。

ふたりが見つめ合っていたのは数分なのか、それとも実はほんの一瞬だったのか――。

展示室の外から近づいてくる甲高い話し声に、ピンと張り詰めた緊張は突然破られた。

我に返り慌てて目を伏せると、渚はそっと後退《あとずさ》った。

それからくるりと踵《きびす》を返し、足早に展示室を横切り廊下へ出た。

男性が追ってくる気配などなかったにもかかわらず、そのまま追われるように階段を駆け下り美術館の外へ飛び出していた。

三月になったばかりで、春風と言うにはまだ少し冷たい風に頬《ほお》をなぶられ、渚は思わず深い息をついた。

鼓動が跳ね上がっているのは、展示室を出てからずっと走ったからだろうか。

芽吹き前の銀杏《いちょう》の枝越しに見える空は青く透き通って、展示室の薄闇《うすやみ》に馴《な》れた目に太陽の光が眩《まぶ》しかった。

正門から新館へ続く小径《こみち》には、遙々《はるばる》海を越えてやってきた名画を一目見ようとする人々が大勢列をなしている。

まるで異世界から飛び出してきてしまったような不思議な感覚にとらわれ、渚はもう一度、深呼吸するように深い息をついた。

新鮮な冷たい空気が胸を満たし、うるさく騒いでいた鼓動もようやく落ち着いてきた。

せっかくここまで出てきたのだから、光の魔術師の名画も鑑賞していこうか――。

気を取り直すようにそう思うと、渚は一度正門を出てチケット売り場の長い列に並んだ。

少しずつ進んだ列がようやく正門近くまで戻ってきた時、渚の横をパールグレイのリムジンがスーッと走り抜け正門の前で静かに停止した。

誰だろうと驚いて見ていると、あの展示室で出逢《であ》った男がゆっくり歩いて出てきた。

すかさず運転席から降りた運転手が、恭しくドアを開ける。

男性は渚が列に並んでいるとは気づかなかったのか、それとももう興味を失ったのか、列の方へは一瞥《いちべつ》もくれず洗練された動作で車に乗り込んだ。

静かにドアが閉められ、運転手が運転席へ戻る。

リムジンが走り去ってしまうと、期せずして周囲に並んでいた女性たちから感嘆のため息が洩《も》れていた。

「誰……？」

小声で連れに訊《き》く声がしている。

思わず耳をそばだてた渚の耳に、「知らない……」と残念そうに囁《ささや》き返す声が聞こえた。

誰だったんだろう——。

そう思いながら振り仰いだ空に、真っ白な飛行機雲が一筋浮かんでいた。

都内でも有数の閑静な高級住宅街を、パールグレイのリムジンが走り抜けていった。

リムジンは、住宅街の最奥に位置する高い塀に囲まれた門扉の前でいったん停止した。

アールデコの装飾が施された、見上げるような高さの門扉越しに、緩やかな弧を描いて続く小径が見えている。

だが、背の高い木々に遮られ、その先にあるはずの家屋敷の様子を窺《うかが》うことはできない。

リムジンが停まると、まるで待っていたように観音開きの門扉が静かに開いた。

しずしずと小径を進む車の前方に、白壁のレトロな洋館が見えてきた。

玄関ポーチのアーチを支える柱の陰に、枯れ枝のように痩《や》せた老人がひとり立っていた。

額には深いしわが刻まれ髪も髭《ひげ》も真っ白で、さながら能面の翁《おきな》のような顔をしているが、翁と違って眼光は鋭く、背筋もぴしりと伸びていて、フロックコートにベストを着用したフォーマルスタイルがいかにも様になっている。

停止したリムジンから降り立った鬼燈紫翠《きとうしすい》に、老人は待ちかねたように歩み寄った。

「お帰りなさいませ」

「枝梧《しご》か」

恭しく頭を下げた枝梧は、この屋敷のすべてを取り仕切っていた。執事と言うより、主《ぬし》と言った方が似合うような存在である。

「槐威《かい》様がお待ちです」

「玄月《げんげつ》が？」

「香合の件、お耳に達したのではと」

「相変わらず耳の早いことだ」

枝梧と並んで屋敷の中へ歩を進めながら、紫翠は微かに苦笑した。

「玄月はどちらで待っているのだ」

「降りてこられたままのお姿でございますので、お館の方でお待ちいただいております」

小さくうなずいた紫翠に、枝梧が「お食事はいかがいたしますか」と訊いた。

「あとでいい」

「では、御酒《ごしゅ》をお持ちしましょう」

「枝梧にしては、珍しいことを言う」

「槐威様からの頂き物でございます」

ふんと鼻を鳴らした紫翠に慇懃《いんぎん》に頭を下げ、枝梧は屋敷の奥へ滑るように姿を消した。

ひとり残された紫翠は口元にあるかないかの微笑を湛《たた》えたまま、軽く膝を曲げ高い天井へ向け跳躍した。

次の瞬間、紫翠はふわりと舞い降りるように着地した。

瞬《まばた》きする間もない一瞬の出来事であったのに、周囲の様子はガラリと変わっていた。

レトロな洋館の中にいたはずの紫翠は、次元回廊を通り抜け、高い格天井《ごうてんじょう》の武家屋敷風の建物、闇の館へと移動していた。

そのまま何事もなかったように歩き出した紫翠の頭には、いつの間にか白銀に輝く二本の角がにょっきりと生え、髪も背中まで届く長さとなっていた。

双角を持つ紫翠は、当然ながら人ではない。

紫翠は天帝の宮城の警護を司る鬼神、羅刹《らせつ》の一族の頭領の後嗣《こうし》として生まれた。

だから本来なら、今も宮城の警護を担い、天界の安寧を守護しているはずだった。

しかし、今から八百年ほど前、天帝の宮を穢した咎を受け、廃嫡の上、天界と人界の狭間へ墜とされた。有り体に言えば、追放である。

五百年間の蟄居《ちっきょ》謹慎の後、現在は、天帝の宝物が納められた九鼎庫《きゅうていこ》から流出した貴重な品々の探索や、天界からの脱走者の捕縛にあたっていた。

果たして、赦《ゆる》される日が来るのか来ないのか——。

与えられた任務があるとはいえ、天界へ足を踏み入れることは禁じられ、流罪と変わらない生活である。

ともすれば倦《う》んでしまいそうな自分に活を入れるのにも、少々疲れ始めている、というのが正直なところだった。

紫翠が館の楼閣の最上階にある部屋へ入っていくと、狩衣《かりぎぬ》を着た長身の男が出窓に腰かけ外を眺めていた。

背まで届くプラチナブロンドの長い髪、双角はつややかな漆黒である。

羅刹の一族と双璧《そうへき》を為《な》す、夜叉《やしゃ》の一族の後嗣、槐威玄月。

天界との連絡役である玄月は、紫翠とは幼なじみで親友の間柄だった。

「そんなところから覗《のぞ》いても、何も見えないだろう」

天界と人界の狭間に建つ闇の館は、常に濃い霧に包まれ青鈍色《あおにびいろ》の薄闇に閉ざされている。

狩衣に着替えた紫翠の声に、玄月は人懐っこい笑みを浮かべ振り向いた。

彫りが深く、目鼻立ちの整った美丈夫である。どちらかというと、削《そ》げた頰が精悍《せいかん》で野性的な雰囲気の紫翠より、おっとりとしなやかな感じがする。

「久しぶりだな。元気そうで何より」

「お前と違って、疲れるほどの働きはしていないからな」

紫翠はつい、自嘲《じちょう》めいた台詞《せりふ》を吐いた。

やはり、幼なじみで気の置けない玄月相手だと、普段は口にしない愚痴も洩れてしまう。

部屋の中央に据えられた紫檀《したん》のテーブルに、小姓たちの手で酒の支度が調えられていた。

向き合って座ると、紫翠は久方ぶりに玄月と酒を酌み交わした。

「薄月《うすづき》の香合が出たって？」

玄月の問いに、紫翠は首を振った。

「いや、違った。確かに見事な堆朱《ついしゅ》で、おそらく同じ手による物だろうが、あれは薄月の香合ではなかった」

「なんだ。また先読みの空振りかよ」

やれやれと肩を竦《すく》め、玄月はため息をついた。

薄月の香合は、今から六百年ほど前に九鼎庫から、脱走者の手によって持ち出され行方知れずとなってしまった名品である。

天界に住まう天人だからといって、すべてが悟りを開いているわけではないし、煩悩からも解放されてはいない。

むしろ、生まれ落ちた瞬間から身分によって住まう階層までが隔てられ、厳しい戒律に縛られる生涯を、窮屈で息苦しいと感じる者も少なからずいた。

自律と節制を要求される堅苦しさに耐えかね、自由を求めて人界へと脱走する者が、行きがけの駄賃とばかりに天界の宝物を持ち出すことがあった。

人界で贅沢三昧《ぜいたくざんまい》に暮らすためには、それなりの資金がいる。

そして、天界の宝物は、人界で驚くほどの高値で取引される。

たいていは、宝物を金に換える間もなく追っ手に捕縛され、宝物も無事回収される。

だが、中には首尾よく追っ手から逃げおおす者もいて、そういう者に持ち出された宝物は人界に紛れ行方不明となることもあった。

人界で古美術品のコレクターとして知られた人物が蒐集した名品の中に、薄月の香合が含まれているらしいとの情報を得て、紫翠は板倉美術館まで確認に出向いたのだった。

しかし、展示されていた香合は名品だったが、紫翠が探し求める物ではなかった。

もっとも、元は天界の宝物と分かっても、人界の板倉美術館所蔵となってしまっては、おいそれと取り返すこともできないが――。

「ところで、近々龍《りゅう》の宝水鑑《ほうすいかん》が動くらしいよ」

わずかに声を落とし、玄月が伏し目がちに言った。

「まさか、あの宝水鑑が動くというのか？」

唇を引き結び、玄月は小さくうなずいた。

宝水鑑とは、青銅製の脚つき水盤のことである。

九鼎庫には脚つきの水盤がいくつか保管されていて、覡が先読みをする時に使われる。

その中に、側面に龍の浮彫りが施され、龍の宝水鑑と称される特別な宝水鑑があった。

龍の宝水鑑が贄《にえ》の血で満たされると、浮彫りに封印された龍が目覚め、天界と冥界を隔てる扉の鍵《かぎ》をもたらす、と言い伝えられている。

だがそれも、人の世で千年あまりも昔のことで、天界でも詳細は不明になっている。

「確かなのか」

「ああ。神殿の覡のご託宣だ」

黙ってうなずいた紫翠の表情を窺うように、玄月がそっと目を向けた。

「なんだ」

「誰が先読みしたか、気になるかなっ、と……」

片眉《かたまゆ》をわずかに上げ、紫翠はなんの感情もこもっていない目で玄月を見た。

「梛祇《なぎ》が先読みしたのか」

玄月は微かに首を振った。

「梛祇じゃない。梛祇は奥殿へ入ったらしいから、もう先読みはしないんじゃないの？　梛祇なら、もっと焦点を絞った先読みをしてくれるんだろうけど。今回の香合の件もそうだけど、最近の先読みは、精度もぬるいし詳細は不明ばっかりだよ。ひょっとしたら、すでに動いている可能性もあるってさ」

「宝水鑑が動くとなると、あちらの方《かた》の動向も気になるな」

玄月のぼやきをさらりと流した紫翠に逆らわず、玄月もあっさり話を変えた。

「当然、あちらでも情報は察知しているだろうからねえ」

遙かに遠い昔、この世に光が生まれると同時に影も生まれた。

光の象徴として降臨した天帝とともに、闇の象徴天魔皇《てんまおう》もまた世に現れた。

だが、どこまで行っても影は影でしかない。

天帝と相似形でありながら、決して表には出られない己の存在に、天魔皇が次第に不満を募らせていったのも無理はなかった。

きっかけはなんだったのか、今となってはもう分からない。

ある日、天魔皇は叛乱《はんらん》を起こし、天帝に戦いを挑んだ。

もちろん、天帝も軍勢を率い、即座に応戦した。天界を二分する戦いの始まりである。

しかし、天帝と天魔皇、互いに同等の力を持つ者同士が本気で戦ったら、天界ばかりか人界も冥界も三界すべてが引き裂かれてしまう。

何より、光と影は表裏一体、影は光なくして存在できず、光もまた影なくして輝くことはできない。それはおそらく、天帝はもとより天魔皇自身も承知していたことなのだろう。

やがて天魔皇は自ら矛を収め、天界を出て冥界へと座を移し今に至っている。

だがそれが、天魔皇の本意でないことくらい、誰もが知っていることだった。

本来、天魔皇は『魔』ではなかった。

人々の望みを叶《かな》えてやりたい、欲望を満たしてやりたいと思う気持ちがあまりに強く、結果的に人を際限もなく甘やかすことになったのである。

そのことにより、人々が心に隠し持っていた闇はよりいっそう濃く深くなり、欲望はいたずらに肥大してしまった。

そしてついに、天魔皇は人々に災厄をもたらす存在となってしまったのだった。

しかしながら、天帝と同等の力を持つ天魔皇を、封印することなど誰にもできない。

今は冥界から天界へ通じる扉を封じることで行き来を阻止しているが、万が一、天魔皇が宝水鑑を手に入れ扉の封印が解かれてしまったら――。

何よりもやっかいなのは、天界には今に至ってもなお、密《ひそ》かに天魔皇に心を寄せている者が存在するということだった。

「面倒なことにならなければいいが」

呟《つぶや》いた紫翠に、玄月も顔をしかめて同意する。

「何か手がかりはないのか」

懐から、玄月は一枚の写真を取り出した。

「この人間が、深く関《かか》わるだろうとのご託宣だ。ただし、さっきも言ったように、詳細はいっさい不明。人界のどこにいるのかも分からない」

受け取った写真を一目見るなり、紫翠は目を瞠《みは》った。

板倉美術館の猿投の壺の前で、時間も忘れたように立ち尽くしていた青年。

たった一瞬で、紫翠を強く惹《ひ》きつけてしまった、あの秀麗な青年。

できることなら、神隠しのようにこの館にさらってきてしまいたかった。

この八百年あまりの間、そんな感情に囚《とら》われたことはただの一度もなかったのに——。

「これは……」

「知ってるの？」

問いに首を振りながら、紫翠は我知らず口元に仄《ほの》かな笑みを浮かべていた。

「いや、知らない。だが知っている」

謎《なぞ》めいた呟きに、怪訝《けげん》そうに眉をひそめた玄月には何も言わず、紫翠は渡された写真を大切に懐へしまった。


玄月が天界へ戻った後、紫翠は酒杯を手に玄月が座っていた出窓から外を眺めていた。

眺めるといっても、見えるのは館を覆い尽くす青鈍色の濃い霧ばかりである。

薄ぼんやりとした光を内包しているものの、視界はおそらく十メートルもないだろう。

ここでは風も吹かないから、この霧が晴れることは決してない。

四六時中、もののあわいもはっきりしない世界に置かれていると、次第に心まで闇に浸食され虚《うつ》ろになっていくような気がする。

いっそ、真の闇に閉ざされていた方が、まだ諦《あきら》めもつくのかもしれないとさえ思う。

ここへ墜とされて最初の五百年、紫翠はこの館から一歩も出ることを許されなかった。

やがて、天界からの脱走者の捕縛、持ち出された宝物の捜索という任務が与えられ、次元回廊で繋《つな》がった人界に館を持ち住まいすることも許された。

人界で久々に気持ちの良い風に吹かれ、思う存分陽射しを浴びた時、確かに歓喜した。

でも、久しぶりの自由は、己の真の姿を隠し、人に紛れて暮らす仮の姿でしかなかった。

もう二度と、天界の森で木漏れ日を浴びながら水浴をする真の自由は得られない。

しかも、自分も追放された身であるのに、天界からの脱走者を追わなければならない。

そんな矛盾に苦い自嘲を嚙《か》み殺しながらも、自分は天界の安寧を守護する羅刹の一族なのだという自負に支えられ逃げることなく踏み留《とど》まってきた。

どんな状況に置かれようと、羅刹の名に恥じない務めを果たさなければならない。

それは紫翠にとって、最後に残された矜持《きょうじ》だった。

「椰祇か……」

杯の酒を干し、濡《ぬ》れた唇を歪《ゆが》めるように呟く。久しぶりに口にする名前だった。

椰祇は神殿に仕える覡で、類《たぐ》い希《まれ》なる先読みの力を持っていた。

紫翠が椰祇と出逢ったのは、父とともに宮城の警護に赴いた時だった。

宮城の警護は、羅刹の一族と夜叉の一族が一年交替で務めている。

春、一年間の任務を終えた夜叉の一族に代わり、羅刹の一族が警護の任に就いた。

警護は、三つの小隊の交代制となっていた。紫翠も頭領である父から小隊を一つ任され、五十名ほどの武者を指揮して警戒にあたっていた。

気の抜けない勤務を終えようやく非番になると、昼夜にかかわらず、誰もが待ちかねたように酒を飲みに繰り出していく。鬼神は、たいていが大酒飲みなのである。

紫翠だって酒は大好きだったが、まだ陽の高いうちから騒々しい酒場へ行く気にはなれず、昼間はひとり宮城近くの森へ入ることにしていた。

森には清らかな泉が湧《わ》き出ていて、木漏れ日に水面《みなも》がきらきらと燦《きら》めいていた。

泉のほとりで重い鎧《よろい》を脱ぎ捨てると、ようやく緊張から解放され深呼吸できた気がする。

諸肌《もろはだ》脱ぎになり、紫翠は冷たい水に浸した手拭《てぬぐ》いで汗を拭った。

そこへ思いがけずやってきたのが、同じようにひとりで散策していた椰祇だった。

白絹の切袴《きりばかま》に玉虫色の紗《しゃ》の千早《ちはや》を着た姿を見て、すぐに覡だと分かった。

小作りの白い顔の中に、円《つぶ》らかな目や愛らしい唇が絶妙なバランスで配置されていた。

秀でた額も通った鼻筋も、頬に影を落とす睫毛《まつげ》の長さも、何もかもすべてが美しく、そして凛《りん》とした清《すが》しさを湛えていた。

惚《ほう》けたように見とれてから、ハッと我に返った紫翠が『失礼した』と声をかけると、椰祇は絹糸のような長い髪を揺らし『こちらこそ』と含羞《はにか》んだように微笑《ほほえ》んだ。

『宮城の警護を仰せつかっている、羅刹の紫翠と申す者です』

慌てて肌を隠し名乗った紫翠に、『わたしは椰祇と申します』と丁寧に答えてくれた。

すぐに立ち去ってしまうかと思った椰祇は、思いがけず紫翠の近くの石に腰かけ、話し相手になってくれた。

『わたしはそろそろ戻らないと……』

椰祇が腰を上げた時、紫翠はまたぜひ会いたいと強く思った。

でも、天人に向かって、鬼神の方から次の約束など言い出せるはずもない。

ましてや、椰祇は清廉を旨とする覡である。

名残惜しい思いを抱きつつ、紫翠は森の小径を歩いていく椰祇を見送るしかなかった。

椰祇の姿が見えなくなってからも、紫翠はぼんやりと泉のほとりに座り込んでいた。

紫翠の次の非番は夜だった。

夜ではさすがに、あの覡が散策に来ることもないだろう。

そう思いながらも、紫翠は酒盛りの誘いを断り、ひとり森の中へ入っていった。

すると、思いがけず月明かりに蒼《あお》く濡れた森の中に佇む梛祇を見つけ息を呑《の》んだ。

『今夜ここへ来れば、紫翠様にお会いできると分かりましたので……』

紫翠はその時初めて、梛祇が類い希なる先読みの力を持った覡なのだと知った。

しかも、梛祇は天界で天帝に次ぐ権力を持つ、神官長の息子だった。

神官長には、ふたりの息子がいた。息子たちはそれぞれ違う力を持って生まれていたが、神官長は先読みに秀でた末息子を溺愛《できあい》しているという噂《うわさ》だった。

その神官長自慢の末息子こそ、梛祇だったのである。

今にして思えば、あの時すでにふたりは恋に墜ちていたのだった。

だが、そもそも身分違いの許されざる恋である上に、梛祇は、覡として純潔、清浄を堅く守らなければならない。

誰にも見られないよう、初めて出逢った森の中でふたりは密やかな逢瀬《おうせ》を重ねた。

命をかけても悔いはない、と思うほどの真剣な恋だった。

だからこそ、万が一にも梛祇を穢すようなことがあってはならない。

そうきつく自身を戒め、紫翠はいつも梛祇から少し離れて座り、抱きしめるどころか、指一本触れることすらせず、ただその美しい横顔を見ていた――。

椰祇もまたそんな紫翠の純情に、想いのこもった真摯《しんし》な眼差《まなざ》しで応《こた》えてくれた。

『二十歳《はたち》になれば、願い出て覡の勤めを終えることができます。そうしたら、なんとしても父に許しをもらって、わたしは紫翠様のもとへ赴きたい』

だから、どうかそれまで待って欲しいと、椰祇は懇願した——。

『待つとも。椰祇が自由の身になれる日まで、俺はいつまでだって待っている』

ためらわず答えた紫翠に、椰祇はこぼれるような笑みを浮かべ嬉《うれ》しげにうなずいた。

それなのに——。

ぎりっと奥歯を噛みしめ、紫翠は杯をあおった。

ある日、ふたりの仲が、椰祇の父である神官長に露見してしまった。

類い希なる先読みであっても、自分自身の先を読むことは禁じられている。

森の中でふたり一緒にいるところを見つかり、神殿へ引き立てられていくことになるとは、紫翠はもちろん椰祇も知ることはできなかった。

それでも、紫翠はまだ望みを捨てていなかった。

もとより困難は承知の恋だった。こうなったからには覚悟を決め、なんとかふたりの仲を許してもらえるようにしたいと、懸命に考えを巡らせていた。

もちろん、椰祇も同じ思いでいるに違いないと、信じて疑わなかった。

だが――。

沙汰《さた》の間に引き据えられていた紫翠の前に、父である神官長とともに現れた梛祇は、にわかには信じられない豹変《ひょうへん》を遂げていた。

『言い寄られて、迷惑していたのです。でも、相手は鬼神。怖ろしくて拒めませんでした。わたしは純潔、清浄を旨とする覡。鬼神などと相愛になるわけがありません』

唇をふるわせ涙ながらに父に取り縋《すが》る梛祇を、紫翠は愕然《がくぜん》と見つめるしかなかった。

いったい、梛祇に何があったのか――。

正直、言いたいことも訊きたいことも山ほどあったが、梛祇が心変わりしてしまったのであれば、未練がましく醜態を晒《さら》したくはなかった。

裏切られた衝撃や怒りはもちろんあったが、それでも、今ここで梛祇を護《まも》ってやれるのは自分しかいないと思う気持ちの方が勝っていた。

命をかけても悔いはないほど、心底梛祇が愛《いと》しいと思った気持ちに嘘《うそ》はない。

どちらにしろ、覡と恋仲になった紫翠が無罪放免になることはあり得ないだろう。

ならば、梛祇を庇《かば》って不逞《ふてい》の輩《やから》の烙印《らくいん》を押されるくらい、何ほどのこともない。

紫翠は瞬時にそう覚悟を決めた。

だから、一切の異議申し立てをすることなく、紫翠はこの闇の館へと墜とされてきた。

あれから八百年、梛祇は神官となるための修行を積むために、神殿の奥へ引きこもったと風の噂に聞いた。そんな梛祇からの連絡は、当然ながらただの一度もない。

今さら梛祇に未練はなかったし、どうしているかと思うことすら絶えてなかった。

紫翠にとって、梛祇とのことはすでに終わったことだったのである。

それでも、心に刺さった棘《とげ》はいまだに抜け落ちていないらしい。

「情けない」と、紫翠はひとりごちた。

玄月に気を回されたくらいで、胸の奥が軋《きし》むとは――。

梛祇を愛したことを、今も紫翠は悔いていなかった。

ただ、ここで自分はこのまま潰《つい》えるのを待つしかないのかと思うと、ないはずの風が胸の中を吹き抜けていく気がするのだった。


商社マンだった渚の祖父柊平《しゅうへい》は、趣味が昂《こう》じて骨董《こっとう》屋を開いてしまった粋人だった。

それが、今、渚が引き継いでいる『古美術 涯堂《みぎわどう》』である。

渚の父恒輔《こうすけ》はエンジニアで、何事にも徹頭徹尾合理性を優先する男だった。そんな人間に、焼成の炎が焼き物にもたらす偶然の景色の妙など、理解できるはずもない。

ましていくら中国明時代に造られた逸品なのだと説明されても、花瓶一つに三百万円も支払ったと聞かされては息子として穏やかではいられない。

当然ながら、恒輔は柊平の骨董趣味を浪費としか捉《とら》えなかったし、店を始めてからも経営に口を挟まない代わりに資金も一切出さないというスタンスを崩さなかった。

母聡子《さとこ》も、誰の持ち物だったか分からない骨董品など、気持ちが悪くて触りたくもない、と顔をしかめて言い放っていた。

でも渚は、幼い頃から祖父の傍らで骨董の話を聞くのが大好きな、母に言わせれば『本当に変わった可愛《かわい》くない子供』だった。

渚がそうなった理由の一つには、二歳違いで生まれた弟翔《しょう》が虚弱だったことがあった。父は仕事で忙しく、翔の世話だけで手いっぱいとなった聡子は、頻繁に幼い渚を柊平夫婦に預けるようになった。

そんな事情もあり、いつの間にか両親よりも祖父母に懐いてしまった渚を、聡子はあまり可愛いと思えなくなってしまったようだった。

『翔は可愛いけれど、渚はね』と、聡子はあからさまに口に出して言った。

母には母の言い分もあったのかもしれない、と、大人になった今では思うこともできるようになったが、幼い渚を前にして、『この子、本当にあたしの子供かしら。病院で間違えられたんじゃないの？』などと言う母親は、残念ながらよい母親ではあり得ない。

それでも、渚は弟のように母に愛されたかったから、我儘《わがまま》も言わず、甘えたい気持ちさえも我慢して、母の望むよい子でいようと幼いながらに頑張った、つもりだった。

でも、母はとうとう渚に振り向いてはくれなかった。

そんな渚の寂しさを補ってあまりあるほどに、祖父母は渚を心から愛しんでくれた。

渚が中学二年の時に、優しかった祖母榛子《はるこ》が亡くなった。

ひとりになってしまった祖父を案じ、渚は自分が祖父と一緒に住むと言った。

ちょうど父も母も、翔の中学受験で頭がいっぱいの時期だったことも手伝ってか、さしたる反対もせずあっさりと認めてくれた。

でも、祖父が亡くなった後、渚が店を継ぐと言い出した時は、両親揃って猛反対だった。

当時渚はまだ十九歳で、大学に入ったばかりだった。

父も母も、未成年に古美術店の経営など、できるはずがないと頭から決めつけた。

店は閉めると言う両親に、渚は自分に任せて欲しいと必死に懇願した。

幼い頃から聞き分けがよく、我が儘も言わず、駄々をこねることなど一度もなかった渚が、何度ダメだと言われても諦めずに頼み続けるのを見て、父もさすがに何か感じるところがあったのかもしれない。

母は最後まで反対したが、父は大学をきちんと卒業することを条件に渋々認めてくれた。もっとも、父にしてみれば、いったん渚に店を任せても、どうせすぐに行き詰まって処分することになると高を括《くく》っていたのかもしれない。

だが、柊平の知己だった古美術商仲間や常連客に支えられたこともあり、それから六年経った今も、涯堂は細々ながら健在だった。

渚が涯堂を継いですぐ、父親のロサンゼルス赴任が決まった。両親は当然のように、弟の翔だけを連れてアメリカへ旅立っていった。

それから五年あまりが経ち、父親は会社を辞めてアメリカで起業したと聞いたが、今ではもう連絡がくることも絶えてなくなってしまった。

両親も弟も、アメリカの水が合ったらしく、帰国の意思はどうやらないらしい。

もしかしたら、もう会うこともないのかもしれない、と渚は思っていた。

それを哀しいとは思わなかったが、寂しさはやはり渚の心の底に沈んでいた。

板倉美術館で紫翠と遭遇してから十日ほどのち、渚は仕入れのために競売に参加した。

東京古美術商倶楽部《クラブ》は、大正の初めに設立された歴史のある古美術商の組合である。倶楽部で定期的に開催される、古美術品の競売に参加できるのは組合員だけ。一般人は、競売を見学することもできない。

組合員となれるのは、古物商許可証を持ち組合員六人の推薦を受けた者で、なおかつ倶楽部事務局の厳しい審査を通った者だけだった。

まだ年も若く実績もそれほどない渚が組合員になれたのは、柊平の商売仲間だった古美術商たちが揃って推薦してくれたおかげだった。

『渚君が涯堂さんの孫だからじゃないよ。皆、渚君の骨董を見る目に惚《ほ》れてるんだ』

そう言って、彼らは渚を組合員に推薦してくれたのだった。

彼らの期待に、渚は鮮烈に応えてみせた。

初めて参加した、言わばデビュー戦ともいうべき競売で、渚は天竜寺青磁《てんりゅうじせいじ》の水挿しを五百万円で競り落とした。

天竜寺青磁は中国元時代の磁器だが、蒐集家に人気があるだけに贋物《がんぶつ》も多い。でも自分の目を信じて、新参者でも怖《お》めず臆《おく》せず踏み込んで手を上げた渚に、推薦者たちは喝采《かっさい》の声をあげ喜んだ。

渚が競り落とした水挿しは、十日と経たないうちに八百万円で売れた。

以来、骨董の世界ではまだまだ駆け出しの若輩者にもかかわらず、渚は年上の同業者たちからも一目置かれる存在となりつつあった。

「今日は、織部のいい茶碗が出るらしいね」

受付で顔を合わせた、顔馴染《かおなじ》みの骨董商松浪《まつなみ》が渚に囁いた。

ロイド眼鏡《めがね》に蝶《ちょう》ネクタイがトレードマークの松浪は、柊平とも親しかった骨董商である。

そろそろ五十に手が届くくらいのはずだが、茶目っ気たっぷりで偉ぶったところは少しもない。一見、軽そうに見えるが、骨董に関する知識は豊富で、目利きの確かさは柊平も一目置くほどだった。

「松浪さん、今日は織部狙《ねら》いですか？」

「おや、織部狙いは渚君かと思ったけど？　まあ、まずは内見。話はそれからだな」

すかさず牽制球《けんせいきゅう》を投げてきた松浪に、渚はクスッと笑った。

「なかなか手強《てごわ》そうだなあ」

大正時代に建てられ運よく空襲での焼失を免れた東京古美術商倶楽部は、和洋折衷の趣ある重厚な建物で映画などの撮影にもよく使われている。

緋色《ひいろ》の毛氈《もうせん》が敷かれた二階へと続く螺旋《らせん》階段を、渚は松浪とともに上っていった。

「嶺岸コレクション、見に行ったかい？」

「行きました。ため息の出るようなコレクションでした」

「鍋島色絵《なべしまいろえ》の尺皿があっただろう」

「石榴《ざくろ》の絵の皿ですか？」

「うん。あれは、迫田《さこた》さんの先代が納めた品だそうだよ」

「そうなんですか？」

「あれなら、都心のタワーマンションの最上階が、楽勝で買える値がつくだろうな」

「そうでしょうね」

「織部もいいけど、あんな大物が出てこないもんかいな」

「うふふ。僕は、猿投の長頸壺の方が気に入りました」

「さすがに目のつけどころが違うな。確かに、あれは渚君の好きそうないい壺だったね」

恥じらったようにうなずいた渚の脳裏に、長頸壺の前で出逢った男の姿が浮かんでいた。

真っ直ぐに自分を見つめてきたあの目……、と渚は思った。

鋭いけれど決して威嚇《いかく》的ではなく、視線に吸い寄せられるような錯覚さえ感じさせた。

十日あまり経った今もはっきりと思い出せるほど、渚に強く鮮やかな印象を残していた。

内見場に当てられた広間には、すでに大勢の古美術商たちがつめかけ、それぞれ真剣な眼差しで陳列品の品定めをしていた。

渚も松浪と別れ、何か出物はないかと見て回り始めた。

萩焼や黄瀬戸など、今回の競売は渚好みの品物が多かったが、どれも踏み込んで買おうと思うほどではなかった。

松浪が言っていた織部の茶碗はどこにあるのか、と会場内を見回した渚の目に、片隅で異彩を放っている青銅器が飛び込んできた。

ずらりと並べられた掛け軸の足下に、まるで置き忘れられたかのように陳列されている。

売れ筋の古伊万里や古九谷の皿の周りには人だかりができていたし、掛け軸を品定めしている人はいたが、青銅器には誰も注意を払っていないようだった。

どちらかというと陶磁器を中心に陳列された今回の出品物の中で、四つ脚のついた青銅器はいかにも無骨で場違いだった。

にもかかわらず、それは一瞬で渚の目を引きつけ心を捉えてしまった。

渚は真っ直ぐに青銅器に歩み寄った。

「水盤だな」と渚は呟いた。

かなり古そうだが保存状態はよく、側面には龍の浮彫りが施されている。

珠を摑《つか》んだ爪《つめ》の数は、三界を守護する意味があると伝えられる三本だった。

おそらく、かなり腕の立つ職人によって施された細工らしく、咆吼《ほうこう》する龍の漲《みなぎ》る気迫がこちらまで伝わってくるような見事な出来だった。

今、これだけの精緻《せいち》な細工ができる職人は、おそらくもういないだろう。

これまで、青銅器を扱った経験も知識もなく、渚に分かるのはそれくらいだった。

渚に骨董を教えてくれた祖父柊平も、おそらく扱ったことはないのではないか、と思う。少なくとも、渚が涯堂の店内で青銅器を目にしたことは過去一度もなかった。

にもかかわらず、なぜか渚は古びた水盤の前から立ち去ることができなかった。

「渚君、どうしたの？　その水盤が気に入ったのかい？」

松浪にさも意外そうに声をかけられて、渚は曖昧《あいまい》な笑みを浮かべ首を振った。

「青銅器には詳しくないんですが、これだけの浮彫りがしてあるのは珍しいですよね」

「そうだなあ。かなり古そうだけど、こんなの誰が持ち込んだんだろう」

腕組みをした松浪も、水盤に興味はなさそうだった。

やがて、競売が始まった。

渚は、比較的手頃な値で売れそうな茶道具を、いくつか競り落とした。

そろそろ競売も終盤にさしかかった頃、ついにあの水盤が登場した。

予想通りと言うべきなのか、百万から始まった競売は低調だった。

何人か手を上げた古物商がいるにはいたが、値は這《は》うようにしか上昇していかない。

せいぜい上がっても三百万くらいかな、と渚は胸算用した。

それなら、落札してもいいか――。

胸の裡《うち》でそう呟いた渚の背後から、「百五十五万！」と勢いのある声がかかった。

　それに呼応するように、渚が「百六十万」と声をあげると、隣に座っていた松浪が驚いたように顔を向けている。

　会主は百六十万で決まりだと思ったようだったが、「百六十万、他にありませんか？」と念を押すように会場内に声をかけた。

　すると、「百七十万！」と、横合いから声が飛んだ。

「百八十万」

　渚もすかさず応戦する。

「二百万！」

　にわかに熱を帯びた会場内に、ざわめきが広がった。

　隣では、松浪が唖然《あぜん》としている。

　地を這うようにじわじわとしか上がらなかった水盤の値は、渚の参戦を機に様相が変わり一転して天を突く勢いで上昇を始めた。

　それは渚が参戦したから、というわけではなく、ちょうど潮目の変わるタイミングだったという感じだった。

　おかげで渚が想定した三百万円という値はあっという間に超えてしまい、それでも留まるところを知らないように値上がり続けている。

ついに値が八百万円を超えると、競売は渚ともうひとりの古物商の一騎打ちとなった。

「九百八十五万」と刻んだ相手にとどめを刺すつもりで、渚は「一千万」と天を突いた。

おお……、と会場内にどよめきがあがった。

ところが——。

きれいに決まったと思ったのに、「一千五十万」と、相手が食い下がってきた。

なるほど、一歩も引くつもりはないってわけだ——。

「一千百万」と負けずに渚は声を張った。

自分でも、意地になっている自覚はあったが、絶対にあの水盤を人手に渡してはならないと思う気持ちが、自分の中でどんどん膨らんでいるのも感じる。

そういう時は、算盤《そろばん》勘定ではなく感じたように動けと教えてくれたのは柊平である。

だから渚は、一瞬も迷わなかった。

「一千二百万」

今度こそ、の思いを込めた渚の声に、ついに競合相手は沈黙した。

「渚君、大丈夫かい？」

囁いている松浪に、渚は照れたように首を竦めた。

「なんか、つい熱くなっちゃいました。でも、大丈夫です」

そう言いながら、なぜあんなに急に周りが見えなくなるほど夢中になって競り落として しまったのか、自分でも分からないと渚は内心で首を傾《かし》げていた。

玉川上水《たまがわじょうすい》にほど近い裏通りにひっそりと建つ『古美術涯堂』は、何事にも凝り性だった柊平が軽井沢《かるいざわ》から移築した古い洋館を改装したものだった。

L字形をした建物は間口よりも奥行きが広く、柊平が丹精した中庭を懐に抱え込んでいる。L字形の一番頭に当たる部分には、閉店することになった長野の古い酒屋で使われていたのを移築した土蔵があり、家の中から直接出入りできるようにしてあった。

従業員は店主の渚ひとり。だから、渚が所用で外出してしまうと、店は閉店となる。

そんな営業時間も一定しない不定休の店へ、常連客たちは無駄足になってもいい覚悟でせっせと通ってきてくれる。

おかげで、大儲《おおもう》けもしない代わりに大損もせず、店は細々でも順調に続いていた。

競売から一夜明け、昨日、競り落とした品物を店先に並べた渚は、蔵へ続く座敷であの青銅製の水盤を眺めていた。

日だまりの中、水盤はしんと沈黙している。

見れば見るほど、不思議な水盤だ、と渚は思った。

側面に施された龍の浮彫りは精緻で見事な出来だが、それ以外はこれといってなんの変哲もない水盤である。

でも、妙に人を引きつけて放さないところがある、と渚は思っていた。

競売にこの水盤を持ち込んだ骨董商に話を訊いてみたかったのだが、昨日は会うことができなかった。帰宅してから、ネットで少し調べてみたが同じような物は出てこなかった。

おそらく、祭祀《さいし》か何かに使われた物だろうと思うのだが――。

「さて、困ったな」

座敷でひとり腕組みをして、渚は思わず呟いた。

松浪には大丈夫だと大見得を切った渚だが、千二百万円の決裁は簡単ではない。

何しろ、支払いは水盤の代金の他にも諸々《もろもろ》あるのだから――。

渚は、柊平がよく言っていた言葉を思い出していた。

『本当にいい物なら、時間がかかっても必ず売れる』

まだ六年ほどのキャリアだが、確かにその通りだと渚も思う。

「だけど、時間がかかっても、っていうのが問題だよな。支払いは来月なんだから……」

それでも渚は、水盤を競り落としたことを、少しも後悔はしていなかった。

超絶技巧の龍の浮彫りだけでも、滅多にない逸品だと思うのである。

「ま、考えても仕方がないいや」

なんとかなると楽天的に腹を括り、渚は水盤を蔵へしまった。

少しでも早く売りたいのが本音なのだから、本当ならすぐにも店先へ並べた方がいいに決まっている。

でも、なぜだかこれはあまり人目に曝《さら》さない方がいいような気がするのだった。

渚が店先へ出てくるのとほぼ同時に、出入り口のドアが勢いよく開いた。

「いらっしゃいませ」

振り向きざまに声をかけた渚は、微かに目を瞠り立ち竦んだ。

立っていたのは、紫に白紋の切袴、白衣の上に格衣を羽織った、一目で神職と分かる男性だった。

かなり背が高く、豊かなグレイヘアをオールバックに撫《な》でつけている。肩幅も胸板も分厚く、神職の装束が借り物に見えてしまうほど厳《いか》つい身体つきをしていた。

渚が驚いたのは、男性の目の獰猛《どうもう》さだった。

ぎょろりとした大きな目に浮かんでいる光は威圧感たっぷりで、失礼ながら神職というよりヤクザの方がぴったりくると思うような凄《すご》みがある。

男性はずかずかと店の中へ入ってくると、まるで睥睨《へいげい》するように店内を見回した。

「何か、お探しですか?」

静かに声をかけた渚へ、男性はぎろりと視線を巡らせた。

一八〇センチには少々足りないが、渚だって特に小柄というほどではない。

その渚を、男は悠々と真上から見下ろしていた。

「ここに、青銅製の水盤があるはずだ。四つ脚で、龍の浮彫りがしてある」

押しつけるような声音に、渚は間を取るようにゆっくりと瞬きをした。

まさか、こんなに早く買い手がつくとは思わなかった。

本来なら、諸手を挙げて大喜びなのだが――。

「よくご存じですね。どちらから、お聞きになってこられたのですか?」

「昨日、ある骨董屋に頼んで競り落としてもらおうとしたが、資金がショートしてしまい競り落とせなかった。誰が持っていったのかと訊いたら、ここを教えてくれた」

「そうでしたか……」

ゆっくりと、渚は答えた。

「あれは、当神社の大切な社宝なのだ。不逞の輩に売りに出されてしまったが、是が非でも買い戻したい」

なるほど神社の社宝だったのか、それなら納得すると渚は内心で思った。

どうやら、この男性は嘘はついていないらしいが――。

「金は一千万円しかない。残りは分割にして払うから、すぐに売ってくれ」

商売だから、本来、損をして取引することはできない。それでも、時には、客のどうしても欲しいという意気に感じて、仕入れ値より安く譲り渡すこともある。

だから、この男性に『それなら、一千万円でけっこうですよ』と言うのは簡単だった。

でもなぜか、この男性に水盤を渡してはいけない気がする、と渚は思った。

それはほとんど直感だった。子供の頃から、渚は妙に勘の鋭いところがあった。

そして、渚の直感がこれまで外れたことはない。

やっぱり、あの水盤は店に出さずにおいて正解だった、と渚は思った。

「失礼ですが、お客様はどちらの神社の方でいらっしゃるのですか？」

「そんなことは、どうでもいいだろう！」

渚が探りを入れた途端、男性は店中に響き渡る大声で怒鳴った。

「さっさと、水盤をここへ持ってこい！」

「申しわけありません」

いきり立つ男性をいなすように、渚は丁寧に頭を下げた。

「あれはもう、売れてしまいました」

「なんだと！　嘘をつけ！」

「いえ、嘘ではございません。昨夜のうちにお声がけがありまして、今朝《けさ》一番で引き取っていらっしゃいました」

直感は確信に変わり、渚は下げていた頭を上げきっぱりと言い切った。

「ですから、もうあれはこちらにはございません」

「誰だ⁉　どこの誰が買っていったのだ⁉」

摑みかからんばかりの男性の目を、渚は怯《ひる》むことなく見つめ返した。

「それは申し上げられません。お客様の個人情報を明かすことはできません」

まるで狼《おおかみ》が唸《うな》っているのではないかと思うような声を喉奥《のどおく》から発し、男性は忌々しげに渚を睨《にら》みつけている。

渚も、一歩も引かない覚悟で口を引き結んでいた。でも本当は、足がふるえている。

「買い戻せ！　すぐに買い戻してこい！」

「そんなことはできません。当方が一度正式にお譲りした物を、事情が変わったから戻して欲しいなど言えるわけがありません」

両手の拳《こぶし》を握りしめ、男性は肩が上下するほど荒い息をついていた。

これは本気で殴られるかもしれないと思いつつ、それでもなけなしの勇気を振り絞り、一歩も引かない覚悟で渚も男性を見つめ返した。

ふるえそうになる声に力を込め、強いてゆっくり、一言一言、言葉を継ぐ。

「骨董は縁の物です。もしお客様とあの水盤に、切っても切れない縁が結ばれていれば、いつかお客様の手元に戻る日がくるかもしれません」

「縁、だと……」

「はい。器物百年を経て、化して精霊を得る、と申します。あの水盤にも、すでに心が宿っているかもしれません。だとしたら、自ら己の居場所を定めることもあるかと……」

自ら己の居場所を定める、と渚が口にすると、男性の表情が微かに変わった。

驚きや怒りではなく、ほんのわずかだが怯《おび》えが滲《にじ》んだように感じられた。

「本当に、もうこの店にはないのか⁉」

「申しわけありません」

「馬鹿にしやがって！」

捨て台詞を吐き、不意にくるりと踵を返すと、男性は足音も荒々しく店から出ていった。

思わず、胸の底をさらうような安堵《あんど》のため息をついて、渚は上《あ》がり框《がまち》にへたり込んだ。

恐ろしさと緊張で手足の先が冷たくなって、立ち上がろうにも身体に力が入らなかった。

「別に、馬鹿にはしなかったつもりだけど……」

ちょっと嘘はついちゃったけど、と空元気を振り回すように胸の裡で続け、渚はもう一度沁《し》み入るような深いため息をついていた。

松浪から、花見の茶会に行かないかと誘いの電話がかかってきたのは、東京古美術商倶楽部での競売から二週間ばかり経った頃だった。

「花見の茶会ですか？」

『ウチの上得意の里崎《さとざき》さんっていうお客さんが、毎年、桜の時期にお屋敷を開放して開く茶会なんだ。いい物をたくさん持ってる人だから、名器見たさに粋人が大勢集まる。だからほら、中には例の水盤に興味を示す客もいるんじゃないかと思ってさ。まだ、売れてないんだろ？　あれ……』

「ええ、まあ……。でも、お茶器好きの粋人の方々じゃ、青銅製の水盤には興味ないんじゃないですか？　僕は遠慮しておきます」

『そう言わずにさあ。この際、渚君にも里崎さんを紹介するから。損はしないと思うよ』

妙に必死な誘いに、渚はスマホを耳に当てたままクスッと笑った。

「松浪さん、ホントの魂胆はなんですか？」

『魂胆だなんて、そんな人聞きの悪い……』

「でも、あるんですよね、魂胆……」

『あはは……』と、松浪はバツが悪そうに乾いた笑い声を洩らした。

『どうも、渚君には敵《かな》わないなあ。実は、渚君が持ってる志野の茶碗、あれ貸してもらえないかと思って』

渚が柊平から譲り受けた志野焼の抹茶茶碗は、緋色、柚子肌《ゆずはだ》、釉の白さなど、志野の特徴を存分に備えた名品で、今なら八百万円はくだらないだろうと言われていた。

柊平から譲り受けたということも、もちろんあるが、渚もとても気に入って大切にしている茶碗で、滅多に人前には持ち出さない品だった。

「えー……。どうしようかな……」

『大丈夫だよ。渚君の席でしか使わないと約束するから』

渚は呆《あき》れてしまった。

「僕の席って、まさか僕にお点前までやらせるつもりですか？　それじゃ、お客じゃないじゃないですか」

『いや、その……。まあ、そうなんだけどさ……』

スマホの向こうで、しまったという顔をして頭をかいている松浪の姿が想像できて、渚はつい笑ってしまった。

『里崎さんが懇意にしてる茶道のお師匠さんが、師匠仲間やお弟子さんを連れて手伝いに来てくれる約束なんだけどまだ手が足りないとかでさ』

「ずいぶん、大寄せなんですね」

『毎年恒例の茶会なんだけど、今年は里崎さんの古希の祝いも兼ねていて特別なんだよ』

里崎は松浪の上得意らしいから、おそらくいい茶器はたくさん持っているのに違いないが、特別な茶会でお客に披露するのに遜色《そんしょく》のない物というと限りがあるかもしれない。

多分、松浪は里崎に泣きつかれて奔走しているのだろう

「そんな大切なお茶会で、お点前できるほどの腕は持ってませんよ」

『そんなことないよ。前に、草壁《くさかべ》さんの初釜《はつがま》で見事な腕前披露したじゃない。それに、渚君みたいな見目麗しい青年がお点前してくれたら、女性のお客さんも喜ぶと思うんだよ』

「僕は見目麗しくはないですよ」

渚がわざとムッとした声を出すと、途端に松浪はすっかりうろたえてしまった。

『いや、気に障ったら勘弁してくれ。そうか、こういうのが、今流行《はや》りのセクハラってのになるんか。しまったな……。すまん、すまん。そんなつもりはなかったんだ。渚君はホ

ントに爽《さわ》やかなイケメンだと、俺は常々思ってるから……つい……その……』

慌てて謝罪と言いわけを早口で並べたあげく、さらに墓穴を掘っている松浪に、渚は苦笑した。もちろん、松浪に悪気がないのは、ちゃんと分かっている。

柊平とも仲がよかった松浪には、日頃から何かと気にかけてもらっているし、これはどうも断れそうもないな、と思う。

あまり期待は持てないものの、確かに骨董好きが大勢集まれば、中にはあの水盤に興味を示す酔狂な粋人も、ひょっとしているかもしれない。

それに、松浪の上得意だという里崎氏と知り合いになれるのはチャンスに違いない。

松浪も渚になら紹介してもいいと思ったからこそ、声をかけてきたのだろう。

そう考えれば、確かに損な話ではなかった。

でも、そんな商売上の損得よりも、古希の祝いにホテルでパーティを開くのではなく、自宅の庭で茶会を催す里崎という男に興味を持ち始めていた。

「分かりました」と渚は言った。

『引き受けてくれるかい？』

「他ならぬ、松浪さんの頼みですからね。仕方がありません」

『いやー、ありがとう！　助かる！　恩に着るよ、渚君。埋め合わせは絶対するからね』

「せっかくですから、茶碗の他にも持っていった方がいい物があったら言ってください。

ああ、そうだ。祖父の形見なんでお譲りすることはできませんけど、織部の棗《なつめ》と茶杓《ちゃしゃく》に、空中斎《くうちゅうさい》の水挿しもありますよ。松浪さんや里崎さんのお眼鏡に適《かな》うかどうか分かりませんけど、一応、持って行きましょうか？」

『ホントかい⁉　それじゃ、渚君の席だけ長蛇の列になっちゃうな』

舞い上がりきった声で言うと、松浪はくどいほどありがとうを繰り返して電話を切った。

「お茶会か……」

稽古《けいこ》に通っている師匠宅で催される、四季折々の茶会にはできるだけ出席しているが、大寄せの茶会は久しぶりだった。

「お点前するなら、それなりの着物を着ていかないとダメだな。どれにしようかな」

小学校に上がったばかりの渚に、茶道の手ほどきをしてくれたのは祖母の榛子だった。

正座は苦手だったけれど、美味《おい》しくてきれいな和菓子には目が輝いた。

稽古をすれば、毎回、お菓子が食べられると榛子に言われ、渚はお茶を習い始めた。

お茶菓子に釣られて始めた茶道だったが、その日の稽古に使う道具を柊平と選ぶのも楽しかったし、床《とこ》に飾る花を榛子と庭で摘《つ》んだりするのも面白くて好きだった。

今から思えば、柊平は子供の稽古にはもったいないようないい茶器を、惜しげもなく出してきて使わせてくれた。

そうすることで、ごく自然に渚の目を養ってくれていたのだろう。

次第に茶道の奥深さに興味を持つようになった渚は、中学入学を機に榛子が懇意にしていた茶道教授について稽古するようになり、高校卒業前に茶名を拝受していた。

その後、受験があったり柊平が亡くなったりして、一時期、稽古から足が遠のいたが、数年前に再開し今も続けている。

「ああ、そうだ……。お祖父《じい》ちゃんに誂《あつら》えてもらった、紺のお召しがあったな。あれなら、紋付きだし……。しばらく着てないから、簞笥《たんす》から出してみないとダメだな」

あれこれ考えを巡らせるうち、渚はほんの少し心が浮き立ってくるのを感じていた。


茶会当日は、風もなく穏やかな晴天で、まさにお花見日和《びより》だった。

渚は柊平が誂えてくれた、落ち着いた紺のお召しの紋付きに無地の馬乗り袴を合わせて着ていった。

里崎邸では早朝から茶会の準備が進められていたようで、渚が到着した時には、すでに着物姿の人々が大勢忙しそうに立ち働いていた。

手入れの行き届いた広い庭園には、桜の大木が枝を広げ、満開の花が咲き誇っていた。その桜を存分に楽しめるように、野点《のだて》の席も設《しつら》えられている。

松浪が紹介してくれた里崎は、ゴルフ焼けして髪も黒く染めているせいか、とても七十歳とは思えない若々しさで、眼光鋭く、古武士のような風格のある偉丈夫だった。

松浪の顔を立ててというわけではなかったが、この日のために、渚は蔵から久々に出してきた秘蔵の茶器を持参していた。

茶会が始まる前に里崎に披露すると、さすが茶器好きの粋人らしく、里崎は目を輝かせて大喜びしてくれた。

ぜひ今度、涯堂へも足を運びたいと言ってくれたが、残念ながら水盤には興味がないようだった。それでも、興味のありそうな客に声をかけてみようと言ってくれて、渚は恐縮してしまった。

渚は見事な錦鯉《にしきごい》が泳ぐ池に面した、十畳ほどの離れ座敷で点前を披露することになった。

「お客様は、何人くらい入られるんですか？」

水屋で準備をしながら訊いた渚に、松浪は肩を竦めて笑った。

大寄せの茶会では、一席あたりの客が数十人からそれ以上になる。

当然、亭主が客の目の前で全員分の茶を点《た》てることはできない。

そこで、点て出しと呼ばれる形式が使われ、水屋で複数の人によって一斉に点てられたお茶が、お運び役の人たちによってお客に供されるのである。

一般的な少人数のお茶会より、作法も厳しく言われないことが多いので比較的気楽に参加できるが、ともすると流れ作業のようになってしまいかねない嫌いがあった。

せっかくだから、本当はゆっくりお茶を楽しんでもらいたいけど――。

「里崎さん、渚君がよほど気に入ったらしいよ。茶器もすばらしいし、渚君のお茶をじっくり楽しみたくなったそうで、急遽《きゅうきょ》予定変更したんだ」

「えっ？」

松浪は腰をかがめ、渚の耳元でひそひそと言葉を継いだ。

「渚君の席に入れるのは、里崎さんに声をかけられた特別なお客だけ。まったく、こんな話が、声がかからなかった客の耳に入ったら大変だよ」

目を丸くした渚に、松浪は茶目っ気たっぷりにウインクした。

「ま、いいんじゃないの？　作戦、大成功ってことで」

「作戦って……」

「里崎さん、多分、水盤の話をしてくれるつもりなんだと思うよ」

「やだな、なんかよけいに緊張しちゃうじゃないですか」

「渚君なら大丈夫だよ。因《ちな》みに、正客は里崎さんでお詰めは俺」

自分で自分を指さすと、松浪はニッと笑った。

「他には、どんな方がいらっしゃるんです？」

「さあ……。俺も詳しくは聞いてないんだ。でも、大丈夫だよ。渚君なら大丈夫」

何が根拠なのか、大丈夫の連発をして、松浪はさっさと座敷の方へ行ってしまった。

やれやれ、と苦笑交じりにため息をついてから、渚は袱紗《ふくさ》を捌《さば》いて腰につけた。

それから懐に入れた懐紙を確認し、着物の襟元を軽く押さえて直した。

「さて……」

気合いを入れ直し、スッと深く息を吸い込むと、渚は水差しを持って水屋を出た。

建付側に水差しを置き、一呼吸置いてから襖《ふすま》を開ける。両手をついて挨拶《あいさつ》をし、水差しを手に立ち上がろうと右膝を軽く立てた時――。

渚は声もなく目を見開き固まった。

正客は、もちろん里崎。

床の間に一番近い場所に座る正客は、茶会の主賓である。

正客は茶道に精通し、茶を点てる亭主とのやりとりもそつなくこなすことができなければならないが、次客もまた正客と同等の知識や教養を要求される。

因みに、三客は亭主と会話する必要もなく茶道の初心者でも務まる席で、松浪が座っているお詰めは亭主と正客の双方をよく知り、茶道にも詳しい人が座る席である。

その正客に準ずる次客の席に、あまりにも思いがけない男が端座していた。

板倉美術館、猿投の壺の前で出逢った、あの男——。

三客と四客はダブルブレストのスーツ姿だったが、件《くだん》の男は渋い利休色の和服姿だった。袴の上にほんの少し覗いていている白地の帯が絶妙なアクセントになっていて、和服ながらダンディという表現がここまで似合う男も珍しいと感心してしまうほどの男ぶりである。

男の方も、切れの長い目を微かに細め真っ直ぐに渚を見つめていた。

刹那《せつな》、渚と男の視線が絡み合った、ような気がした。

すると、男の薄めだが形よく整った唇の端に、あるかないかの仄かな笑みが滲んだ。

途端、渚は全身がカーッと熱くなるのを感じた。

落ち着け、意識しすぎだ、と、懸命に自分で自分を叱咤《しった》する。

これからお点前を披露するというのに、こんな雑念に捕らわれている場合ではない。

男から視線を引き剝《は》がすように目を伏せ静かに息をつくと、渚は座敷の中へ足を進めた。

里崎をはじめ全部で五人いる客のうち四人は、全員が五十代から上、人によっては六十歳以上の年齢ではと思えた。

そんな中、次客の男はずば抜けて若かった。

多分、三十五、六歳ではないのか、と渚は見当をつけた。

でも男は、臆する気配もなく、堂々たる存在感で次客の席に座っている。

松浪は、この茶席の客は里崎の目に適った客だけだと言っていた。

そんな客たちに混じり、なおかつ里崎に次ぐ席に座ることを許された男――。

いったい、何者なんだろう――。

粛々とお点前を続けながら、渚は心密かに思った。

「これは志野焼だな。手取りの心地よさが、他とは違うようだが」

渚の点てた茶を喫し、里崎が満足そうに言った。

里崎に志野焼の知識がないはずはなかったが、里崎は敢《あ》えて渚に説明させたいらしい。

渚は静かにうなずいた。

「はい。志野焼の素地に使われる百草土《もぐさつち》は鉄分が少なく焼き締まりが少ないので、熱の伝わり方がとても緩やかになります。なので、手にすると、じんわりとした温かみが広がります。この手取りの心地よさは、志野ならではですね」

渚の落ち着いた受け答えに、それまで年若い渚を胡乱《うろん》げに見ていた客の表情が変わった。

「彼はまだ若いが、そこにいる松浪君が見込んだ古美術商だけあって、さすがにいい目を持っている」

里崎の言葉に、お詰めの席に座った松浪が誇らしげに笑っている。

「この志野の茶碗も、彼が今日のために特別に持参してくれた名品なんだ」

「ほう」と感心した声をあげたのは、会社社長だという三客に座った男だった。

「この茶碗、いくらなら売る？」

身を乗り出すように訊かれ、渚は頭を下げた。

「申しわけありません。これは祖父の形見ですので、お譲りすることはできないんです」

「なんだ、そうか。残念だな。君の店は茶器専門なのか」

「茶器が多いですが、陶磁器全般を扱わせていただいています」

「そういえば、変わった物を最近仕入れたそうだな」

割って入るように、里崎が話を振ってくれた。

「あ、はい。青銅製の古い水盤なんですが」

「鬼燈君、君、どうかね」

里崎がいきなり次客の男に声をかけたので、渚は内心驚いてしまった。

果たして、彼はなんと答えるか——。

心密かに緊張して、渚は鬼燈と呼ばれた男の返事を待った。

「水盤ですか？」

初めて聞いた鬼燈の声は、低くまろやかでとても耳触りのよい響きを持っていた。

「龍の浮彫りがしてあるそうだよ。そうだったな？」

鬼燈の声につい聞き惚れていた渚は、ちょっと慌ててしまった。

「はい。とても精緻な浮彫りで、あんな仕事ができる職人はもういないと思います」

「どうだね。君、買わんかね」

「現物を見もしないで、わたしに買えと？」

「見なければ買えないと言うなら、見に行けばいい。彼の店にあるそうだから」

「なるほど……」

まるで押し売りするような里崎の口調に苦笑しながらも、鬼燈はあからさまに拒否はしなかった。

もっとも、里崎の手前、言下にいらないとは言いかねただけかもしれないが――。

「渚君、彼は親の財産で遊んで暮らせる羨《うらや》ましい身分のくせに、株やら仮想通貨やらでさらに儲けているけしからんヤツだ」

「そうなんですか？」

思わず訊いた渚に、鬼燈は目を細め「まあ、間違ってはいないな」と鷹揚《おうよう》に答えた。

「だから、彼が店へ行ったら、他の物も一緒に、うんと高値で売りつけてやるといい」

「そんなことは……」

鬼燈は、本当に店へ来るつもりだろうか――。

ちらりと見やった鬼燈の目が、光の加減なのか、一瞬金色に光ったような気がした。

微かに息を呑んで目を伏せた渚の脳裏に、板倉美術館で聞いた靴音が響いていた。


茶席の後、気分転換に渚は庭へ出てきた。

里崎に請われ、この後、もう二席ほどお点前をすることになっていた。

どうやら、噂を聞きつけた他の客に、自分たちもぜひと言われてしまったらしい。

けっこう、人使いが荒いな、と内心苦笑しながら、のんびり庭を散策していると、桜の大木の前に鬼燈が立っているのが見えた。

近くに設えられた野点の席では、艶《あで》やかな振り袖姿の女性がお点前を披露していたが、そちらに興味はないらしい。

茶席では着ていなかった羽織を着て、すっきりと晴れた青空を覆うように満開の枝を広げた桜を眺めている。

渚が歩いていくと、気配を察したらしい鬼燈が顔を向けた。

「先ほどは、未熟なお点前で失礼いたしました」

「そんなことはない。けっこうなお点前だった。茶碗もすばらしかったし」

「ありがとうございます。申し遅れました。涯堂の杏宮と申します」

渚が懐から出した名刺を差し出すと、鬼燈も名刺をくれた。

上質の和紙に、墨痕《ぼっこん》鮮やかに『鬼燈紫翠』と名前だけが達筆で書かれている。

今時、手書きの名刺というのにも驚いたが、肩書きも何もなく、呆れたことに連絡先すら添えられていなかった。

思わず眉を寄せてしまった渚を見て、鬼燈は「ふふ……」と低く笑い、渚の手から取り返すように名刺を取った。

「あ……」

小さく声をあげた渚の目の前で、鬼燈は名刺の裏側に懐から出したペンでさらさらと何やら書きつけている。

再び戻された名刺の裏側を見ると、携帯電話の番号らしき数字が書かれていた。

「煩わしいのが大嫌いでね。滅多に連絡先は教えないんだが。君は特別だ」

「それは……。ありがとうございます」

なんとなく微妙な面持ちで礼を言った渚を誘《いざな》うように、鬼燈がゆっくり歩き出した。

「里崎さんが言っていた水盤だが……」

「ご興味がおありですか？」

鬼燈は答えなかった。

やはり茶席での会話は社交辞令だったのだろう、と渚は思った。

「いい物ですが、骨董はご縁ですから。ご興味がなければ、どうぞご放念ください」

「陶磁器を中心に扱っているという話だったが、青銅器もよく仕入れるのか？」

「いえ……。実は、初めてなんです。自分でも驚いているんですが、競りの会場で見た瞬間、呼ばれてしまったような感じがして……」

「呼ばれた？」

「ええ。なんとしても、競り落として持ち帰らなければならない。人手に渡してはいけない、と思ってしまったんです」

「人手に渡してはいけないと思う物を、君は売るのか？」

少々意地の悪い物言いに、渚は伏し目がちに苦笑した。

「……それは、僕も商売ですから」

「そうか。なるほどそうだな」

面白くもなさそうにそう低く言って、鬼燈はゆっくりと渚の方へ向き直った。

「見せてもらおうか」

「水盤をですか？」

「ああ。確かな物なら、俺が買い取ろう」

「ありがとうございます。では、ご都合のよい時にご来店ください。ただ、うちは僕がひとりでやっている店なので、留守にする時は店も閉めてしまいます。お手数ですが、ご来店の前にお電話をいただけますか」

「分かった。そうしよう」

言うなり、立ち去りかけた鬼燈を、渚は思わず呼び止めた。

「あの……」

別段、名残惜しいと感じたわけではなかった。それなのに、気がついたら呼び止めてしまっていて、自分でもそんなつもりはなかったからドギマギしてしまった。

ゆっくりと振り向いた鬼燈の髪に、桜の花びらが散りかかる。

「板倉美術館で、一度、お会いしていますよね」

「覚えていたのか」

滲むような笑みを浮かべ、鬼燈は意外なほど嬉しげに言った。

「あれは、さすがにすばらしいコレクションだったな。あれだけの物を蒐集するのは、今ではもう不可能だろう」

「鬼燈さんは、何かお気に召した物がありましたか？」

「猿投の壺の前に、魅入られたように立っていた」

「えっ……」

一瞬、何を言われたのか分からなかったが、すぐにからかわれたのだと分かった。

憮然《ぶぜん》として黙り込んだ渚を見て、鬼燈は薄く笑い、今度こそ歩いていってしまった。

「なんなんだ、あの人は……」

ついついひとり愚痴っていると、背後から「杳宮君」と声がかかった。

振り向くと、里崎がゆったりした歩調で歩いてくる。

にこやかに会釈して、渚は里崎に歩み寄った。

「早速、商談かね」

どうやら、渚が鬼燈と話をしているのを見ていたらしい。

「まだ現物をご覧になっていませんから、どうなるか分かりませんが、店の方へお運びくださるそうです。先ほど、名刺も頂戴《ちょうだい》しました」

「今時珍しい手書きで、しかも名前しか書いていない名刺だろう」

「はい。でも、裏側に連絡先を書き添えてくださいました」

「ほう……」と、里崎は目を瞠った。

「初対面で連絡先を教えるとは、彼はよほど君が気に入ったらしい」

実は初対面ではないのだが、説明するのも面倒な気がして渚は微かに首を振った。

「里崎さんのお口添えのおかげです。ありがとうございました」

「わたしは、話のついでに紹介しただけだ。後は君の腕次第だ。頑張りたまえ」

「多分、頑張るのは僕ではなくて、水盤の方だと思います」

里崎は楽しげに破顔して渚を見た。

「君はなかなか面白いことを言うね。だが、そういう考え、わたしは好きだよ」

「畏《おそ》れ入ります」

里崎は渚を促し、緋毛氈をかけた床几台《しょうぎだい》に腰を下ろした。

ふたりが座ったのを見て、振り袖姿の若い女性が煎茶《せんちゃ》とお茶菓子を運んできてくれた。

「少し、お訊きしてもいいでしょうか？」

「なんだね」

「鬼燈さんは、どういう方なんですか？」

「高等遊民だな」

煎茶を一口喫し、里崎は端的に言った。

「……高等遊民、ですか？」

「今はもう、そんな言葉は使わないか。然《しか》るべき教育を受け、知性も教養も人並み以上に持ち合わせながら、経済的に恵まれ働く必要がないから、定職に就かず自由気ままに暮らしている人間のことだよ。親の財産のおかげで生活に困らないから、自分の好きなことだけをして生きていくことができる。しかも独身貴族だ。まったくもって羨ましい話だよ」

さして羨ましそうでもない口調で言うと、里崎は低く含み笑った。

「もっとも、わたしも彼の経歴を詳しく知っているわけではないんだ。何しろ、彼は自分のことをほとんど語らないのでね。初めて会ったのは、金沢だったかな。知り合いから、堆朱《ついしゅ》のいい香合があると聞いて駆けつけたら、彼もその話を聞きつけて一足先に来ていたんだ。先を越されたとがっかりしていたら、自分が探している香合ではなかったから、わたしに譲ってくれると言ってね。それで、香合を譲ってもらった礼に、一席設けさせてもらった。それがきっかけでつき合いだしたんだ」

里崎は、煎茶に添えられていた桜の花を象《かたど》った和三盆を、一つ口に放り込んだ。

「酒を酌み交わしながら話してみたら、あの若さで中国の古典や書について驚くほどよく勉強している。その上、語学にも堪能《たんのう》ときた。彼はセネカを原書で読んだそうだよ」

「セネカって、確かギリシャ時代の哲学者ですよね。幸福な人生でしたっけ……」

「そう。人生の短さについて、も有名だな」

「先ほどは、株や仮想通貨を扱っているというようなお話もされていましたが」

「頭の切れる男で、先見の明もある。面白そうだから、首を突っ込んでみたとか言うから、わたしにも教えてくれと頼んだんだ。おかげで、尾形乾山《おがたけんざん》の香炉が買えたよ」

「もしかして、先ほどのお席で床の間に飾ってあったあの香炉ですか」

あれなら一千万円はしただろうと思いつつ渚が訊くと、里崎は得意げにうなずいた。

「確かに得体の知れないところもあるが、一本筋の通った男でそこらの成金とは違う。よほど育ちがいいんだろう。さもしいところもないし、つき合っておいて損はないと思う」

鬼燈紫翠、と渚は胸の裡で繰り返した。

確かに、何を考えているのか分からない、人を食ったところのある男だと思うが、それだけではないような気もした。

彼は本当に、水盤を見に店へやってくるだろうか。

ほんの少しだけ、楽しみな気もする、と渚は思っていた。

驚いたことに、鬼燈からはその晩のうちに、渚の都合を訊《たず》ねる連絡が入った。

翌日、客の見送りで店の外へ出た渚は、腕時計に目をやった。

そろそろ、鬼燈との約束の時間がやってくる。そう思った時、シルバーグレイのメルセデスが走ってくるのが見えた。

車は渚の目の前で静かに停まり、運転席から鬼燈が颯爽《さっそう》と降り立った。

どうやら、今日は自ら車を運転してきたらしい。

板倉美術館で見かけた、あのばかでかいリムジンで乗りつけられたら困るな、と実は思っていたので、渚はホッとしてしまった。

今日の鬼燈は、濃紺のブレザーにカシミヤのニットポロを着て、サンドベージュのパンツを合わせていた。

カジュアルだが、ドレッシーさも感じさせるおしゃれな出で立ちである。

鬼燈は手にしていた花海棠《はなかいどう》の小枝を、渚に差し出した。

「出がけに、庭で花をつけているのを見つけたから一枝切ってきた」

「……あ、ありがとうございます」

ラッピングも何もしていないむき出しの小枝を、渚は困惑しながら受け取った。

もっとも、リボンのかかった花をもらっても、それはそれで当惑するばかりだが――。

「蕾《つぼみ》のうちは真っ赤だが、開くと薄紅色になる。玄宗《げんそう》皇帝が楊貴妃《ようきひ》にたとえたという花だが、君には花より蕾の方が似合いそうだと思って」

真っ赤な蕾がサクランボのように垂れ下がっている姿は、確かにとても愛らしいが、男の渚が蕾が似合うなどと歯の浮くようなことを言われても面食らうばかりで嬉しくない。

「鬼燈さんは、誰にでもそんなことを言うんですか？」

つい呆れ交じりに訊いてしまった渚に、鬼燈は気を悪くしたふうもなく笑った。

「もちろん、君だからだ」

しれっとした返事に、渚は啞然としてしまった。

里崎は高等遊民などと言っていたが、これではただの暇を持てあました遊び人ではないか、と内心呆れてしまう。

まったく、客でなければ今すぐ帰って欲しいくらいだ、と渚はこっそりため息をついた。

仕方がない。営業スマイル、営業スマイル、と内心で繰り返し、渚は店のドアを開けた。

「どうぞ、お入りください」

「いい店だな」

明るい店の中を一渡り見回して、鬼燈が言った。

「ありがとうございます」

左右の壁に作り付けられたガラスケース内に陳列された掛け軸や茶器を、鬼燈は一つ一つ丁寧に見ていった。

「これは……！」

店の真ん中に置かれたガラスケースの中を覗き込んだ鬼燈が、驚きの声をあげた。

鬼燈の視線の先にあるのは、七宝《しっぽう》の釘隠《くぎかくし》である。

釘隠とは、日本家屋の長押《なげし》に打った釘の頭が見えないように覆いとしてつけられた飾りで、木製や金属製など様々な材質の物がある。

元々、神社仏閣で使われていたが、江戸時代に入ると装飾品として多用されるようになり意匠も様々に凝った物が作られるようになった。

「……こんなところで見るとは」

鬼燈が食い入るように見ているのは、花籠《はなかご》をデザインした七宝の釘隠だった。

江戸時代の物だが、とりどりの花が華やかで色もきれいに残っている。

目を細め、どこか切なささえ感じさせる横顔を見せて、鬼燈は釘隠を見つめている。

その表情に胸苦しいような哀愁を感じていた渚は、鬼燈が洩らした独り言に首を傾げた。

「懐かしいな」

「えっ？」

鬼燈は小さく首を振って「これはいくらだ」と訊いた。

「八個で三十万円です。お出ししますか？」

「いや、後にしよう。まずは水盤だ」

「畏《かしこ》まりました。では、こちらへどうぞ」

中庭に面した客間に鬼燈を通すと、渚はまずお茶を淹《い》れた。

それから、花海棠の小枝を一輪挿し代わりの練り上げガラスの小瓶に生けた。

渚がそれを持って座敷へ戻ると、鬼燈が満足そうな笑みを浮かべて見ている。

「練り上げガラスか、いい取り合わせだ」

「一輪挿しが見当たらなくて、間に合わせです」

鬼燈の視線が妙に気恥ずかしくて、小瓶を床の間に置くなり、渚は急いで立ち上がった。

「今、水盤を持ってきます」

渚が蔵から出してきた水盤を鬼燈の前に置くと、鬼燈は唇を引き結びじっと見つめた。

「これを競売に出した骨董商とまだ会えていないので、詳細は不明です。どこか、神社の社宝だったという話もあるようですが、確かな話かどうか分かりません」

鬼燈は、厳しい表情で黙ってうなずいた。

「ご覧の通り、側面に龍の浮彫りが施されていますが、中国の様式とも少し違うような気がします。それだけの細工ができる職人は、今はもういないのではないかと思います」

渚の話に同意するように、鬼燈は無言のまま何度かうなずいた。

でもなぜか、渚には鬼燈が水盤を気に入っているようには見えなかった。

それとも、渚に吹っかけられるのを警戒して、わざと興味がなさそうに装っているのか。

どちらにしろ、釘隠を見つけた時の、生き生きと楽しげな表情とは別人だった。

「いくらだ」

高飛車な口調で、鬼燈がおもむろに訊いた。

「千五百万です」

鬼燈の本意を確かめたい気持ちもあって、渚にしては高値をつけてみた。

「分かった。もらっていこう」

鬼燈は値切ることもなく、あっさりとそう言った。

最初から、値段は度外視していたような口調だった。それなのに、欲しい物を手に入れた高揚感は一つも伝わってこない。

渚は微かに眉を寄せた。

畳の上に置かれた水盤は、春の陽射しを浴びて、ただ静かに佇んでいる。

「申しわけありません。これは、鬼燈さんにはお売りできません」

「なぜだ」

鋭い視線を向けられ、渚は思わず首を竦めた。

それでも、言うべきことは言わなければならない。

「鬼燈さんが、本当にこの水盤を欲しいと思っていらっしゃらないからです」

「どうしてそう思うんだ」

「見ていれば分かります」

きっぱりと言い切った渚を見て、鬼燈は唇の端を歪めるようにして微かに笑った。

「なるほど……。でも、これが売れないと、君は困るんじゃないのか」

即座にそんなことはないと否定できなくて、渚は唇を噛んだ。

それでも真っ直ぐに顔を上げると、鬼燈の双眸《そうぼう》を臆せず見つめた。

「決済の問題がないとは言いません。でも、支払いのためにことを急いで、必要とされていないところへ売られていくのでは水盤が可哀想《かわいそう》です。それに、少しくらい時間がかかっても、いい物は必ず売れますから心配はしていません」

少々の虚勢も張って、渚は決然とした口調で言い切った。

「水盤が可哀想、か……」

「はい」と、渚は静かにうなずいた。

「器物百年を経て化して精霊を得る、と言いますが、物にも心はあると僕は思っています。でも、物は自分の意思で行き先を選ぶことはできません。だからこそ、僕はできる限り、売られていく物の意を汲《く》んだ商売を心がけたいと常々思っています」

さして気分を害した様子もなく、見ようによっては面白がるように、鬼燈は渚の言い分を黙って聞いていた。

「鬼燈さんが、なぜこの水盤を買おうと思われたのか、僕には分かりません。でも、この水盤が気に入って、どうしても欲しくて買うのだ、という熱意は感じられませんでした」

「どうして、この水盤を買おうと思ったのか、か……」

含み笑うように低く呟いて、鬼燈は挑むような眼差しを渚に向けた。

「君を手に入れるため、と言ったらどうする？」

「えっ……？」

あまりに思いがけない方向へ話が転がり、渚は何を言われているのか分からなかった。

「君が俺のものになるなら、この水盤、言い値の倍で買ってやろう」

理解した瞬間、屈辱でカーッと頭に血が上っていた。怒りのあまり身体がふるえる。

「からかってるんですか？　それとも、馬鹿にしているんですか？」

低く押し殺した渚の声に、鬼燈は大げさな仕草で肩を竦めた。

「とんでもない。俺は本気だ。板倉美術館で一目見た時から、君が欲しいと思っていた。だから、昨日の茶会で巡り逢えたのは、俺にとって何よりの僥倖《ぎょうこう》だった。君を手に入れることができるなら、俺が持っている名品すべてと引き替えても惜しくない」

鬼燈がどの程度の名品を持っているのか知らなかったし、知りたいとも思わなかった。ただ、どんなにかけ替えのない名品であったとしても、物は物である。

鬼燈は渚を物扱いしているのだと思うと、怒りで身体がふるえた。

「お帰りください」

硬い声で言い捨てるなり立ち上がろうとした渚の腕を、鬼燈が素早く摑み引き寄せた。

「あっ……」

体勢を崩し小さく叫んだ渚を抱え込むようにして、鬼燈が強引に口づけてきた。

唇を押しつけられた瞬間、渚はショックで全身の血が逆流するような気がした。

無我夢中で鬼燈を突き飛ばすと、渚は手の甲で濡れてしまった唇を拭った。

じりっと後退りながら、怒りのオーラを全開にして鬼燈を睨みつける。

すると、渚のきつい視線を浴びた鬼燈の表情に、微かだが苦い動揺が浮かんだように見えた。まるで渚の視線を避けるかのように、鬼燈の双眸がわずかに揺らいでいる。

「お帰りください。……帰れっ！」

叩《たた》きつけるような怒声に、鬼燈のため息が被《かぶ》さった。

「今日のところは退散しよう」

さも仕方なさそうに座敷から出ようとして、鬼燈は唇を引き結び、拳を握りしめて立ち尽くしている渚を振り向いた。

「気が変わったら、いつでも連絡してくれ」

ぬけぬけとそう言い捨てた鬼燈が帰ってしまってからも、渚はあまりの衝撃にしばらく動けなかった。

どれくらいそうしていたのか、ようやく我に返り、のろのろと座敷を出ようとした渚の目に鬼燈がくれた花海棠の小枝が映った。

花海棠の真っ赤な蕾は、陽射しの中で微睡《まどろ》んでいるようだった。

その、たった今、目の前で繰り広げられた騒動など知らぬげな可憐《かれん》な姿に、渚は深呼吸するように深いため息をついていた。

「お帰りなさいませ」

紫翠が玄関ポーチで車を停めた途端、待ち構えていたように枝梧が声をかけてきた。

「首尾はいかがでございましたか」

車を降り、側仕《そばづか》えにキーを渡しながら、紫翠は首を振った。

「違ったのですか？」

「いや、本物だった。あれは確かに、龍の宝水鑑だ」

「本物なのに、どうして買い取ってこなかったんだよ⁉」

玄関ホールへ入りながら答えた紫翠に、呆れたように咎める玄月の声が飛んだ。

「なんだ、来ていたのか」

「紫翠、何があった？」

立ち止まった紫翠に、玄月が詰め寄る。

「まあ、そう急《せ》くな」

押しとどめるように言うなり、紫翠は空《くう》へ向かって「淪《りん》！」と声を張った。

すぐさま「お側に」と返事がして、どこから現れたのか、鎧姿で太刀《たち》を帯びた双角の青年が紫翠の傍らに片膝をつき頭を下げた。

「涯堂の杳宮渚から目を離すな。本物の宝水鑑を持っているとなると、あちらの方の動向も気になる。ただし、何があっても、お前は姿を見せるな。直《ただ》ちに、わたしに知らせろ」

「お待ちください！」と、枝梧が割って入った。

「淪の仕事は、紫翠様の護衛。人間の見張りなら、誰か他の者にご命じください」

ふん、と紫翠は鼻を鳴らした。

「護衛という名の監視役だろう。俺が知らないと思っているのか」

「……紫翠様」と、枝梧が絶句した。

「枝梧のいないところで、監視から外すと淪が困るだろうと思ったから連れ帰ったんだ。俺の監視は、誰か他の者にやらせるんだな。淪なら俺についていたから、涯堂の場所も杳宮渚の顔も分かっている。いちいち説明している時間が惜しい。疾《と》くいけ！」

「畏まりました」

返事と同時に、淪の姿はかき消すように消えた。

「紫翠、どういうことだ。説明しろ」

「酒を頼む」

苦虫を嚙み潰《つぶ》したような顔の枝梧に言い捨てると、紫翠は返事も待たずに歩き出した。

「おい、紫翠！」

書斎へ入った紫翠を、玄月が追ってきた。

「何があったんだ」

「俺には売れないと言った」

わけが分からず、眉を寄せた玄月を見て、紫翠はクッと含み笑った。

「どうしてもこの水盤が欲しくて買うのだという、熱意が感じられないか……。なるほど、よく見ている。器物百年を経て化して精霊を得る……、ね」

ソファへ腰を下ろし長い足を組むと、紫翠は渚が発した言葉を確かめるように呟いた。

「本当にあの水盤に心があるなら、今さら天界へ戻りたいか訊いてみたいもんだな」

「……紫翠」

向き合って座った玄月が、少々心配そうに見ているのに気づいて、紫翠は大丈夫だというように首を振った。

「面白い。実に面白い」

「何がだ」

「杳宮渚だよ。あんな人間は初めてだ。あの人間には興味がある」

「お前……、まさか惚れたわけじゃないだろうな」

ためらいを振り切るように訊いた玄月を、紫翠は上目遣いにちらりと見やった。

「まさか……」

苦笑交じりに否定しつつ、指先で唇をそっとなぞる。すると、しっとりと柔らかだった、渚の唇の感触が蘇《よみがえ》った。

同時に、驚きと怒りを綯《な》い交ぜにした、きつい視線も思い出す。

「あの目……」

一転して苦い口調で呟くと、紫翠は渚の感触が残る唇をきつく噛みしめた。

「そっくりだった……」

「だ……」

おそらく、誰にと訊きかけ、ハッとして口を噤《つぐ》んだ玄月を見て、紫翠は苦く笑った。

ドアがノックされ、酒の支度を調えた枝梧がワゴンを押して入ってきた。

「あまり、お過ごしになりませんように」

一言苦言を呈し、枝梧は黙って退出していった。

さては聞いていたな、と苦笑して、紫翠は琥珀《こはく》色《いろ》の酒が入ったクリスタルガラスのデキャンタを手に取った。

グラスはちゃんとふたり分用意されていたが、紫翠は自分の分だけロックグラスに氷も入れずに酒を注《つ》ぐと、玄月に勧めもせずあおった。

強い酒が、喉を焼き胃の腑《ふ》へと流れ落ちていくのが分かる。

あんな強引なことをするつもりではなかった。

それなのに、なぜ――。

いったい、何がそんなにも、紫翠の衝動を刺激したのか分からない。分からないが、ただ無性に渚が欲しいと思ってしまった。

できることなら、あのまま押し倒してしまいたかったくらいに――。

紫翠が理性を保つことができたのは、渚の紫翠を睨みつけた目だった。

無理やりに口づけされた渚は、沙汰の間に引き据えられた紫翠を見た時の椰祇と、同じ目をして紫翠を睨んでいた。

思い出しただけで、苦い思いが喉元まで突き上げてくる。

それを飲み下すように、紫翠はさらに酒をあおった。

「紫翠……」

「そんな顔をするな。大丈夫だ。水盤を持っているのは、確かな人間だ。ただ……」

「ただ、なんだよ」

答えずに首を振り、紫翠は空になったグラスに酒を注ぎながら小さく息をついた。

「お前、昔、俺が作らせた釘隠を覚えているか」

突然変わった話題についていけないらしく、玄月は怪訝そうに眉を寄せた。

「釘隠？　いつの話だよ」

「加賀《かが》にいた頃だ」

「ああ……」

グラスに手を伸ばしながら、玄月は思い当たったようにうなずいた。

「もしかして、花籠の釘隠のことかな」

闇の館に続く表の屋敷を持つことをようやく許された時、紫翠が自ら下絵を描き作らせたのが花籠の釘隠だった。

表の屋敷を持つことができても、屋敷の外はおろか庭へ出ることも許されなかった。押し込められた殺風景な座敷に少しでも彩りが欲しくて、釘隠を七宝の花籠にすることを思いついた。

そよ風に吹かれながら、神殿に供える花を籠に摘んでいた椰祇を偲《しの》んで――。

「あれがどうかしたのか」

「涯堂で売られていた」

手酌で酒を注ごうとしていたのを止めて、玄月は紫翠を見た。

「まさか……」

「そのまさかだよ。俺も目を疑った。でも、確かにあれは、俺が作らせた釘隠だ」

「どうして、また……」

「さあな。加賀から移されることになった時、表の屋敷はそのままにしたから。取り壊された時にでも、古物商の手に渡ったんだろう」

あれから、凡《およ》そ三百年あまり。いつどうやって、渚の店へ辿《たど》り着いたのか。

ひょっとして、縁があるのかもしれない――。

ふとそう思ってから、紫翠はひとり含み笑った。

そんな考え方は自分らしくないと思うのだが、心の底にそうであって欲しいと願う気持ちがあるのを認めざるを得ない。

「どちらにしろ……」と、誰に言うともなく、紫翠は呟いた。

「……しばらくは、退屈しないですみそうだ」

呆れ顔をしながらも、心配そうな目をしている玄月をちらと見て、紫翠は薄く笑んだ。


それから二日経っても、花海棠の蕾は開く気配もなかった。

このまま、咲かずに終わってしまうかもしれないな――。

一輪挿し代わりの小瓶の水を替えながら、渚はついため息をついた。

鬼燈はいったい何を考えているのだろう。彼は、なぜ急に、あんなことをしたのか――。

考えても分かるはずもなく、忘れてしまおうとしても胸に重く引っかかっている。

大学生のうちに祖父のやっていた古美術店を継いだりしたから、周囲には変わっていると思われていた節もあるけれど、友人がいなかったわけではない。

誘われれば飲み会にも行ったし、特別人づき合いが苦手だと思ったこともなかった。

でも、こと恋愛となると、話はまったく別だった。

実のところ、生来、奥手な質《たち》らしく、渚はこれまで恋と呼べるような感情を自覚したことがなかった。

学生時代には、女性の方から交際を申し込まれてつき合った経験もある。

でもなぜか、長続きしなかった。

単に渚が交際下手だっただけかもしれないが、何度かデートを重ねると、手も握らないうちに女性の方から去っていくというパターンばかりだった。

曰《いわ》く、『杳宮君って、思ってた人と違うみたい……』

何がどう違うのか、渚にはさっぱり分からない。そのうちますます恋愛が億劫《おっくう》になり、大学を卒業してからは誰ともつき合わずにきてしまった。

だから、あれは正真正銘、渚のファーストキスだった。

今さら夢見る年頃でもないと自分でも思うが、だからといって、あんなふうに力尽くで奪われたくはなかった。

思い出しただけで、胸が苦しくなってしまう。

もしも鬼燈が、渚の方から連絡するのを待っているのだとしたら無駄だと思う。

花海棠を床の間に戻すと、渚は気を取り直し開店準備をしに店へ出た。

店の掃除をして、埃除《ほこりよ》けに被せた白布を外していると、チノパンのポケットから携帯電話の呼び出し音が響いた。

「杳宮です。……あ、おはようございます。わざわざご連絡いただき、すみません」

電話をかけてきたのは、あの水盤を競売に出した古美術商、岩城《いわき》だった。

競売の翌日、水盤を売って欲しいと言って、店へ押しかけてきた神職風の男は、あれきり姿を見せていない。

神職風の男が帰ってすぐ、詳しい経緯を知りたいと思った渚が、競売で渚と水盤を競り合った村元《むらもと》という古美術商に連絡すると、村元は思いがけないことを言ったのだった。

実は、競売の時の記憶が一切ない――。

『あの日、東京古美術商倶楽部へ行って、駐車場で車を停《と》めたところまでは覚えてるんだ。でも、その後の記憶が一切なくてね。競りに参加したことも、君と最後まで競り合ったことも、全然覚えてないんだ。気がついたら、車の横にぼんやり立ってたんだよ。競りはとっくに終わってるし、俺はいったい何をしてたんだろうって……』

情けなさそうに嘆いた村元は、神職風の男から水盤を競り落としてくれるように頼まれた覚えもないと言った。

『競りを見てた連中には、柄にもなく、あんなに熱くなってどうしたんだって言われたんだけど、こっちは全然覚えがないから返事のしようがなくてさ。欲しかった物もあったのに手に入らなかったし、あげく女房には惚《ぼ》けたんじゃないかって馬鹿にされるし……』

電話の向こうで、村元はぼやきまくっていた。

そんな奇妙なことがあるだろうか――。

電話を切ってから、渚はしばらく惘然《ぼうぜん》としてしまった。

いったい、何がどうなっているのか。村元が嘘をついているとは思えなかったし、考えれば、考えるほど、水盤の由来が気になってしまった。

ぜひとも水盤について話が訊きたいと思い、水盤を競売に出した岩城に連絡を取った。

だが、あいにく岩城は東北へ買いつけに出ていて、詳しい話を訊けずにいたのだった。

岩城は東北から北海道まで足を伸ばしたために連絡が遅れたことを詫《わ》びてから、渚の都合のよい時に訪ねてくれればなんでも話してくれると言った。

『電話で話せないことでもないんだが、ちょっと君に見せたい物もあるんだ』

「分かりました。それじゃ、今日の午後にでもお店の方へ伺っていいですか？」

『かまわないよ』

岩城の店を訪ねる約束をして電話を切ると、渚はショーケースにかけた白布を外した。

ショーケースの中には、あの日、鬼燈が目を細めて見つめていた釘隠が並んでいた。

懐かしい――。

釘隠を見た鬼燈は目を細め、確かにそう言った。

あの時、鬼燈はとても切なく優しい表情で釘隠を見ていた。

この人は、こんな顔をすることもあるのか、と渚は思い、この人なら水盤を譲ってもいいと思ったのだった。

それなのに、いざ水盤を前にした鬼燈の表情は、まるで別人のように変わっていた。

鬼燈は、どこでこの釘隠を見たのだろうか――。

ショーケースの鍵を開け、渚は釘隠を取り出した。

色とりどりの花が入った花籠をデザインした釘隠は七宝で、精緻な細工から相当腕の立つ一流の職人の手による物だろうと思われた。

おそらく三百年以上は経っているだろうが、今も色鮮やかで美しい釘隠である。

この釘隠は、石川県の旧家から出た品物だった。

元は武家屋敷だったという豪壮な建物は、残念なことに漏電による火災に遭っていた。延焼を逃れた離れ座敷の長押に使われていたのが、この釘隠で、解体される前に取り外され売りに出されたのを、しばらく前に渚が買い取った。

それをちょうど店先に並べたところへ、鬼燈がやってきたのである。

「物は確かだけど、武家屋敷で使われていたにしては、意匠がちょっと華やかすぎるとは思ったんだよな」

ひとりごちて、渚は釘隠を手に取った。

「鬼燈さんは、花が好きなのかな」

ふと呟いてから、考えを振り払うように首を振る。

花を愛《め》でる気持ちを持った紳士が、あんな暴挙を働くはずがない。

取り出した釘隠を元に戻そうとして、渚は思い迷うように手を止めた。

しばし考え、小さくため息をついてから、渚は店の奥から古い桐箱《きりばこ》と布を持ってきた。

釘隠を、一つ一つ丁寧に布で包み、桐の箱に収めていく。

別に、取り置きを頼まれたわけでもなければ、鬼燈が再び来店する保証もないと思うのだが、なんとなくこのまま店に出しておいて売れてしまったらと思う気持ちもあった。

自分でもうまく説明できない、モヤモヤとした感情が胸にわだかまっている。

キスなんて、誰ともしたことなかったのに――。

初めてのキスがあんな形で、しかも相手が鬼燈だったなんて――。

考えるだに悔しくて、腹立たしくて堪らない。

それなのに、二度と来るなと思う鬼燈のために、自分は釘隠を取り置いている。

「……バカだな」

自嘲めいた独り言を洩らしてから、渚は深いため息をついた。

「さて、空いたところに、何か置く物がいるな」

蔵で何か見繕ってこようと思い、釘隠を入れた桐箱を持って、渚は奥へ戻ろうとした。

その時、ふと何かの気配を感じたような気がして、思わず店先の方を振り向いた。

出入り口は施錠されたままで、店の中はしんと静まりかえっている。

「誰もいるわけないよな」

苦笑して、渚は奥へ戻っていった。

その日、渚は結局、店を開けなかった。

頼まれてもいないのに、勝手に取り置きすることにした釘隠を蔵にしまい、代わりに陳列する物を物色しているうちに時間が経ってしまった。

早めの昼食を簡単に済ませると、渚は店を出た。

岩城の店『古美術いわき』は京橋《きょうばし》にある。車で行くことも考えたが、途中、神田《かんだ》で買い物がしたいと思い電車で行くことにした。

三鷹《みたか》の駅から中央線快速電車に乗り込んだ渚は、のんびりと車窓の景色を眺めた。

岩城とは、柊平を通じて面識はあった。店にも柊平とともに何度か行ったことがあるし、競りの会場で会えば必ず挨拶を交わしてきた。

でも、考えてみたら、ひとりで岩城の店を訪ねるのは初めてのことだった。少々緊張気味に店を訪れた渚を、岩城は孫が遊びに来たかのように気さくに迎えてくれた。

確か岩城は柊平と同年代だから、そろそろ七十半ばにさしかかるはずだった。

でも、髪こそ白髪だが、和らいだ光を湛えた目は生き生きと輝いて、表情には好奇心旺《おう》盛《せい》な茶目っ気すら感じられる。

「やあ、よく来たね」

店の奥から現れた岩城は、老舗《しにせ》の古美術商らしく、グレンチェックのジャケットにネクタイを締めたダンディな出で立ちで颯爽としていた。

「すみません、お忙しいところ……」

「そんなに畏まらなくてもいいよ。今、お茶でも淹れさせよう」

「どうぞ、おかまいなく。それから、これ……。確か、大好物だって……」

渚が差し出した包みを見て、岩城はまさに好々爺《こうこうや》のように相好を崩した。

「おお、よく覚えていてくれたね。ありがとう。悪いね、気を使わせて」

渚が買ってきたのは、神田駅のすぐ近くにある老舗の手焼き煎餅《せんべい》の詰め合わせだった。

岩城はここの煎餅に目がなくてね、と、以前、柊平から聞いていた。

商談にも使うらしい応接スペースで、渚は岩城と向き合って座った。

明るい店内には、金銅押出仏や阿弥陀如来像《あみだにょらい》、百万塔などが粛然と陳列されている。

茶道具が主軸の渚の店と違って、日本の仏教美術を中心とした品揃えだった。

修業中らしい若い店員が、煎茶と渚が持ってきた煎餅を菓子器に盛ってきた。

茶碗は伊万里で、煎餅は根来角切盆《ねごろすみきりぼん》に盛ってあった。さすがに、と、渚は感心した。

早速、そのうちの一袋を開けながら、岩城はざっくばらんな口調で言った。

「あの水盤の話だったね」

「はい。あれは、どこから出た物なんでしょうか」

「河口湖《かわぐちこ》の近くの小さな町なんだけど。廃寺が解体されるから、見に来ないかって向こうの知り合いに誘われたんだ。車で一時間半くらいだし、ちょっと行ってみるかと。でも、江戸時代の軒瓦《のきがわら》がちょっといいと思った程度で、めぼしい物は何も残ってなくてね。がっかりしてたら、もう少し山の方に古い神社があって、そこも取り壊してるって言うから、ついでに見に行ったんだよ」

「……神社、ですか」

以前、店へ来た神職風の男の言い分と符合していることに、渚は内心で驚いていた。

「その神社の神職の方、取り壊しに賛成していらしたんですか？」

小さく割った煎餅を口へ放り込み、いい音をさせて咀嚼《そしゃく》しながら岩城は首を振った。

「いないよ、神職なんて。多分、無人になってから、相当長い間、放りっぱなしだったんだろうな。とてもじゃないが、人が住めるような状態じゃなかった」

では、あの男はどこからやってきたのだろう――。

「そこに、あの水盤があったんですね」

「うん」と、岩城はうなずいた。

「正直、あまり興味はなかったし、行っても無駄だと思ったんだよ。いわゆる社宝の類いは、郷土資料館の方に移されたって話だったし。でもまあ、縁があったんだろうな。行ってみたら、もう社殿の取り壊しが始まってて、これじゃしょうがないから帰るかと思って、ふと見たら、引き倒された鳥居の廃材と一緒にあの水盤が転がってたんだよ」

「転がってた⁉」

「そう。なんだろうと思ってしゃがみ込んで見てたら、立ち会いに来てた関係者に興味があるなら買ってくれないかって言われちゃってさ。ほら、建物を取り壊すにも費用がかかるだろう。その足しにしたいからって……」

よほど好きなのだろう。早くも、二袋目の煎餅を開けながら、岩城は苦笑した。

「東京からわざわざ来たのに、手ぶらで帰るのもなんだなと思って。奉納金だと思えばいいかと考えて買い取ったんだよ。店で売ろうかとも思ったんだけど、ちょっとウチとは筋が違うかなと……」

「それで、競りに出したんですか」

「俺は仕事で東北へ行く予定があったから、競りにはウチの若いのを出席させたんだ。そうしたら、大変です、とんでもない値で売れましたって、興奮状態の電話がかかってきてさ。驚いて、誰が買ったんだって訊いたら、君だって言うから。二度びっくりしたんだ」

破顔一笑され、渚は困ったような笑みで応えた。

「だけど、大丈夫なの？　あんな高値で落札して……」

「おかげさまで、興味をお持ちのお客さんもいらっしゃるので」

「そりゃよかった」

「あの、電話では、何か僕に見せたい物があるというお話でしたが」

「ちょっと待っててくれないか」

そう言い置いて、身軽に立っていった岩城は、小ぶりの桐箱を持って戻ってきた。

「これなんだけどね」と言って、岩城が桐箱を開けた。

渚が中を覗くと、入っていたのは古い鏡だった。

「……鏡、ですね」

手に取ってみると、銅鋳製で鏡胎《きょうたい》はとても薄い。

長く地中にあった物なのか、艶《つや》のない暗黒色をしているが、それがかえって味わい深い質感を呈していた。

そして、鏡背には——。

「……これ」

ハッと目を見開いた渚に、岩城は小さくうなずいた。

鏡背の中央に浮き出ているのは、確かにあの水盤だった。

「その手の鏡は花鳥を題材にした文様が多いものだが、そんな鏡は初めて見た」

「僕もです」

渚は改めて、鏡背の文様を見つめた。

中央に水盤が浮彫りされ、その周囲を三頭の龍が取り囲んでいた。

「この龍……」

水盤に浮彫りされていた龍と同じ物だと思う。

「これ、どうされたんですか？」

「件の神社跡の池の底から出てきたそうだ。水盤を引き取ったから、これも買ってくれると思ったんだろうな。見つけた人が、持ち込んできたそうだ」

渚の脳裏に、店へ押しかけてきた神職風の男の姿が浮かんでいた。

「これ、どんな人が持ち込んできたんですか？」

「わたしは買いつけに出ていて留守だったんだけど、若い男だったらしいよ。それが、モデルかアイドルかってくらいの、すこぶるいい男だったらしくてさ」

それでは、店へ来たあの男とは似ても似つかないな、と思った渚を見て、岩城は悪戯《いたずら》っぽい笑みを浮かべた。

「さっき、君とどっちがいい男かって訊いたら、甲乙つけがたいって言ってたな」

「岩城さん……」と、渚は顔をしかめた。

「いや、ほんと。君だって、骨董屋よりモデルやアイドルの方が似合いそうだしね」

「からかわないでください」

「別にからかっちゃいないよ。そっくりではないけど、雰囲気が似てるって言うんだ。君をもっと権高で冷たい感じにしたら、鏡の男によく似てるって……」

「そんな……」

返事に困って、渚は手にした鏡に視線を落とした。

「それ、一応、預かりという形になってるんだが。興味があるなら、あげるよ」

「えっ」と、渚は顔を上げた。

「でも、預かりになってるんですよね」

「もちろん、持ち込んできた人には、ウチがちゃんと払うよ。でも、君はあの水盤を、望外の高値で引き取ってくれたからね。おまけにつけてあげると言ってるんだ」

「いいんですか？」

「まあ、羽黒鏡《はぐろきょう》だったら、タダというわけにはいかないけど」

茶目っ気たっぷりに言われて、渚もクスッと笑ってしまった。

平安後期、出羽三山の一つ、羽黒山の御手洗池《みたらいいけ》には、山伏が多くの鏡を投げ入れたと言われている。

都の姫君などが願掛けをして、山伏に託した物ではないかという説もあるが、それらが明治から昭和にかけて発掘され羽黒鏡として珍重されていた。

渚は手の中の鏡を改めて見た。

時代的には同じくらいだろうと思うが、これは羽黒鏡ではない、と思う。

岩城もそう見立てたからこそ、渚にくれると言うのだろう。

でも、ひょっとしたら、羽黒鏡より貴重な物ではないかという気もする。

根拠は何もないが、手にした時の感触が、渚にそんな想像をさせていた。

ふと、一頭の龍の足下、尾の陰に隠すように、小さく家紋のような文様が一つ浮き出ているのに気づいた。

切れ込みの鋭い鬼蔦《おにづた》が三枚、巴《ともえ》のように渦を巻き、その中心に双角の鬼が描かれている。

「これ、家紋でしょうか」

「どれどれ……」

懐から老眼鏡を出して、岩城もしげしげと見ている。

「気がつかなかったな。これは鬼、だな」

「ええ……」

「水盤の方には、こんな文様はなかったと思ったが」

「そうですね。なかったと思います」

記憶を探るように首を傾げつつ、渚も同意した。

「家紋でしょうか？」

「どうだろう。こんな家紋は初めて見るが」

「僕もです」

渚も家紋に知悉《ちしつ》しているわけではないが、家紋の起源は平安後期とされているから、時代的には合っていると思う。

ふと、この鏡を鬼燈に見せたら、なんと言うだろうか、と考えていた。

そういえば、鬼燈の名字にも「鬼」という文字が入っている。

何かの符合だろうか——。

さすがにこじつけすぎだ、と渚は脳裏をよぎった思いを一蹴《いっしゅう》した。

キス騒動でショックを受けたせいで、何かにつけて鬼燈のことばかり考えてしまっている。これでは、鬼燈を意識しているのと同じで口惜しい。

鏡背の文様に目を落としつつ、渚は心中密かに苦く笑った。


渚が三鷹の駅に帰ってきた時、外はまだ明るかった。

少し考え事をしたい気分で、渚はバスには乗らず、玉川上水の遊歩道をのんびりと歩き出した。中途半端な時間のせいか、辺りに人気はなく静かで考え事にはちょうどいい。

岩城は、あの水盤が取り壊された神社から出た物だと言った。

でも、神社の建物は朽ちかけていて、とても人が住めるような状況ではなかったらしい。

それでは、競りの翌日、店へ押しかけてきた、あの神職風の男は何者だったのだろう。

何より、あんなもの凄《すご》い形相で乗り込んできたというのに、あれきりなんの音沙汰もないのがかえって気になる。

別に来て欲しいわけではないけれど、なんだかやけに諦めがよすぎるようにも感じる。

それとも、あの男の話は口から出任せの出鱈目《でたらめ》で、ただの偶然の一致だったのだろうか。

岩城の店へ、鏡を持ち込んできた男性というのも気になっていた。

一度、水盤が収蔵されていたという神社を訪ねてみようか――。

神社自体はもう取り壊されてしまったらしいが、古くから住んでいるお年寄りなどに話を訊けば、誰か水盤にまつわる昔話を知っている人がいるかもしれない。

渚がそう思った時、後ろから走ってくる足音が聞こえた。

思わず振り向いた渚と、走ってきた男が交錯した。

すれ違いざまに持っていた鞄《かばん》をひったくられ、渚は慌てて男を追いかけようとした。

「待てっ！」

声をあげた渚の腕を、背後から摑んだ者がいた。ぎょっとして振り向くと、見るからに柄の悪そうな若い男がふたり薄笑いを浮かべて立っていた。

咄嗟《とっさ》に摑まれた腕を振り払うと、渚は必死に走り出した。

でもすぐに追いつかれ、今度は前後挟み撃ちのように囲まれてしまった。

薄気味の悪い笑みを浮かべた男は、ふたりとも一貫して無言だった。

因縁をつけるでも脅すでもなく、何かを要求することもしない。

そのことがかえって、渚の恐怖を煽《あお》った。

「なんの用だ⁉」

大声で問い質《ただ》したら、背後に回った男に抱え込まれ掌《てのひら》で口を塞《ふさ》がれてしまった。

恐怖で竦み上がりながらも、渚は無我夢中でもがき、なんとか逃れようと抵抗した。

そんな渚の首を、背後から抱え込んだ男の腕が締めつけていた。

殺される――！

逃れようにも、荒事にはまったく不馴れで、力負けしてしまいどうにもならない。

息が詰まり、意識が朦朧《もうろう》としていく。

助けて！　誰か助けて！

渚は必死にもがき、喉を絞める腕に爪を立てたが、凄《すさ》まじい力は少しも弛《ゆる》まない。

もう……ダメだ……。

その時、不意に渚を押さえ込んでいた男が濁った悲鳴をあげてもんどり打った。弾みで渚も地面に投げ出され、転がってしまった。

喉を締めつけていた力が失せて、肺に空気は流れ込んでくるのだが、上手く呼吸ができない。地面に膝をつき、喉を押さえて、渚は激しく咳《せ》き込んだ。

すると、またもや腕を摑まれ引っ張られた。

「放せっ！」という渚の掠《かす》れた悲鳴に、「大丈夫か⁉」と言う低い声が被さった。

夢中で振り払おうとした動きを止め顔を向けると、腕を摑んでいたのは鬼燈だった。

「……き、鬼燈さん」

思わず涙声で縋った渚を背後に庇うと、鬼燈は暴漢ふたりと対峙《たいじ》した。

ようやく、渚は自分を襲ってきた男たちの姿を見た。どの顔にも、見覚えはなかった。

ふたりとも髪を金髪に近い茶髪に染め、耳ばかりか鼻にまでピアスをしている。何かドラッグでもやっているのか、目が濁り口元もだらしなく弛んでいた。

ゾッとして、渚は背筋をふるわせた。

鬼燈は殴りかかってきた男の足を払って転がすと、もうひとりの男の鳩尾《みぞおち》に拳を叩き込み、よろめきながら立ち上がろうとした最初の男に膝蹴《ひざげ》りを食らわした。

「ぎゃっ」とか「ぐえっ」とか、潰されたカエルのような濁った声をあげ、ふたりは地面に這いつくばり咳き込んでいる。

どうやら、見た目以上にダメージは大きいようで、ふたりとも立ち上がろうにも立ち上がれない状態らしい。

「行くぞ！」

言うなり、鬼燈は渚の腕を摑み直し、有無を言わさず走り出した。

引きずられるようにして、渚も必死に走り続けた。

なんとか無事に遊歩道から出ると、見覚えのあるメルセデスが道路端に停めてあった。

ようやく速度を緩めた鬼燈が歩き出すと、助手席のドアが開いて長身瘦軀《そうく》の男が降りてきた。Tシャツの上に薄手のクルーネックセーターを重ね、デニムを穿《は》いている。

薄茶色のサングラスをかけているので、目の表情は分からないが、彫りが深く日本人離れした顔立ちをしていた。肩の辺りまである髪はプラチナブロンドで、もしかしたら外国人だろうかと渚はぼんやり思った。

「玄月」と鬼燈が呼んだ。

「お散歩は終わりかな」

玄月と呼ばれた男が、ひどくのんびりした口調で茶化すように軽口を叩いた。

「早かったな」と、鬼燈が応じると、玄月は肩を竦めた。

「何が、早かっただよ。お前の我が儘につき合っていられるほど、俺は暇人じゃないんですけどね」

「いいじゃないか。渚に会いたいと言ってただろう」

突然、自分の名前を出され、渚は慌ててしまった。

「あ、あの……」

渚の腕をしっかりと摑んだまま、鬼燈はホッとしたように微笑んだ。

「危なかったな」

「……ありがとうございます。あ、あの……、助けていただいて……」

「間に合ってよかった」

「えっ？」

微妙な違和感に首を傾げた渚にかまわず、鬼燈は玄月の方へ顔を向けた。

「玄月。杳宮渚だ」

「よろしく。俺は槐威玄月。紫翠とは、ガキの頃からの腐れ縁でね」

「あ……、は、杳宮…です……」

「送っていこう」

「えっ、あ……、でも……あの……」

言うなり、鬼燈は戸惑う渚をメルセデスの後部座席に押し込むように乗せた。

「運転は、自分でしてよねえ」

渚の隣に乗り込もうとしていた鬼燈を、槐威が止めた。

鬼燈は嫌そうな顔をしたが、仕方なさそうに運転席へ回っている。

それを見て、槐威が当然のような顔をして渚の隣に乗り込んできた。

鬼燈は運転席に座ると、早速、車を発進させた。

「はい、これ。少しは落ち着くよ」

槐威が緑茶のペットボトルを差し出した。

「あ、すみません。ありがとうございます……」

キャップを開け、冷たい緑茶を一口飲むと、ようやく人心地がついた気がしていた。

「あの男たち、何者だったんだろう」

恐怖の残滓《ざんし》に唇をふるわせながら、渚はぽつりと呟いた。

「見覚えはなかった？」

窺うように訊いた槐威に、渚は小さくうなずいた。

それから、ふと気がついて運転席の鬼燈を見た。

「鬼燈さんは、どうしてここへ……？」

「だから、お散歩だって」と、鬼燈の代わりに隣の槐威がのほほんと答えた。

「この辺りは、静かで雰囲気がいいからねえ」

ホワイトシャツにチャコールグレイのスラックス、薄手のカーディガンを羽織った鬼燈は、今まで会った中で一番ラフな服装だった。

確かに、気の置けない友人と、ちょっとそこまでという感じではあるが――。

「君はどこへ行ってきたんだ」

「あの水盤を競りに出した古美術商に会いに……」

襲われたショックから立ち直っていなかったこともあり、渚は正直に答えてしまった。

「何か分かったのか」

「ええ……」と、渋るように渚は言った。

ちょっと口が滑ってしまったと思わないでもなかったが、もう仕方がない。

「あの水盤は、やはり取り壊された神社の社宝だったようです」

言ってから、渚はハッとした。

岩城にもらった鏡を入れた鞄――！

ひったくり男に、奪い取られてしまった。

「……僕の鞄……」

「これを探してるのかな？」

槐威が助手席に手を伸ばし、渚の鞄を持ち上げた。

「あっ、それ……。どうして……」

「走って逃げるのが見えたから、とりあえず取り戻しておいたんだ」

「えっ……。それじゃ、槐威さんも、あの場にいらしたんですか？」

「うーん、まあねえ……。俺が手を出すまでもなく片づいてたし、正義の味方のナイトに花を持たせるのも悪友の務めかなと思ったからねえ」

まったく要領を得ない返事をして、槐威はひとりクスッと笑った。

「大事な鞄、なくさないでよかったね」

「あ、ありがとうございます」

「どういたしまして」

まるで、韜晦《とうかい》するように軽口を叩く槐威に、渚は微かに眉を寄せた。

襲われて混乱していたし、あの時、周囲を見回す余裕などなかったけれど、鬼燈はもちろん槐威の姿も見た覚えはなかった。

渚がひったくりに遭ったのを、槐威はどこから見たと言うのだろう。

「それで？」と、鬼燈がやや苛立《いらだ》ったように、渚に話の先を促してきた。

「えっ、あ、はい。神社はもう取り壊されてしまったようなんですが、跡地の池の底から鏡が出てきたそうなんです」

鞄を開けると、幸い、鏡を入れた桐箱は無事で布に包まれた鏡も無傷だった。

渚が取り出した鏡を点検していると、槐威が「見せてくれる？」と言った。

「どうぞ……」

手渡された鏡を、槐威は興味深そうに見ている。

「多分、平安後期の物ではないかと思います。槐威さんも、骨董に興味がおありなんですか？」

「……なくはないかなあ。これ、龍と水盤の文様だね」

「ええ。鏡の文様としては珍しいので、やはり水盤と関係のある物ではないかと推測されますが、詳しいことはまだ何も分かりません」

渚の説明にうなずいた槐威の表情が、わずかに変わった……ような気がした。

「……これは……」

浮き出た家紋を指先でそっとなぞり、槐威は吐息するようにひそと呟いた。

「何か、心当たりがおありですか？」

首を振った槐威に、渚がさらに問いかけようとした時、鬼燈が割って入った。

「どこにあるんだ、その神社は」

「河口湖の近くだそうです。比較的近いんで、一度行ってみようかと思います」

「そうか。俺も一緒に行こう」

「えっ⁉」

驚く渚の耳に、槐威の含み笑いが響いてきた。

なんでそうなるのだ——。

「え……、あ、あの……、でもっ……」

「明日の朝、迎えに行こう」

「あ、明日……⁉」

「善は急げと言うだろう。都合が悪いのか？」

「いえ……」

馬鹿正直に否定してしまってから、内心でシマッタと顔をしかめる。

「あ、……でも、そんな急な話……」

「善は急げと言うじゃないか」

「紫翠、俺は明日は行けないよ」

「誰がお前も連れていくと言った」

「ああ、はいはい。無粋ですいませんねえ」

狼狽《ろうばい》する渚をよそに、話は勝手にどんどん進んでいく。

「ちょ、ちょっと待ってください。僕はまだ、鬼燈さんと一緒に行くとは言ってません」

「明日の天気はどうだろうねえ。遠足日和だといいけど」

渚の抗議を鬼燈は完全に無視し、槐威は空模様でも見るように暢気《のんき》に外を眺めている。

苛立ち紛れに、渚は鬼燈の背中へ再度声を張った。

「なんで、鬼燈さんと一緒に行かなくちゃならないんです？」

「嫌なのか？」

「えっ、そ、それは……」

ストレートに訊かれ、渚は言葉に詰まった。

キス事件のことを思えば、できればあまり行動をともにしたくはない。でも、暴漢から助けてもらったことを考えると、あからさまに嫌だとは言いかねる気もしてしまう。

「また何かあったら困るじゃない。お姫様には、ボディガードがいた方がいいと思うよ」

そんな渚の心の内を見透かしたかのように、槐威が揶揄《やゆ》するように軽口を叩いた。

「誰がお姫様なんですか⁉」

ムッとして言い返した渚に、槐威はすました顔で当然のように答えた。

「もちろん君だよ。決まってるじゃない」

運転席で、鬼燈がクッと含み笑った声が聞こえ、渚は耳まで熱くなる気がした。

「……ば、馬鹿にしないでください！」

「馬鹿になんかしてないよぉ」と、槐威が大真面目《おおまじめ》に答える。

「君のことが心配だから、言ってるんだよ」

ガックリと脱力するように、渚は肩を落とした。

暴漢に襲われ殺されかけるという、あり得ない衝撃も冷めやらぬ中、何をどう反論すればいいのかもう考える気力もない。

どっと押し寄せた疲労にうんざりとして、渚は深いため息をついていた。


渚を自宅へ送り届け、そのままちゃっかり上がり込んだ紫翠たちふたりが屋敷へ戻ったのは、すっかり夜になってからだった。

紫翠の書斎のテーブルには、論からの急報を受けたふたりが飛び出していった時のまま、広げられた書類の傍《そば》に冷め切ったコーヒーが置き去りにされていた。

「誰《たれ》かある」

紫翠が声をあげると、ドアの外から「はい」と側仕《そばづか》えの返事が即座に返った。

「これを片づけて、酒の支度を」

「畏《かしこ》まりました」

ドアを開け、中へ入ってこようとした小姓を押しのけ、不機嫌全開の顔で枝梧がずかずかと入ってきた。

ソファにゆったり座った紫翠の前に仁王立ちすると、枝梧は怒りの滲《にじ》む低い声で言った。

「紫翠様。お話がございます。お人払いを」

「ああ、はいはい」と立ち上がりかけた玄月を、紫翠が止めた。

「かまわない。すぐに済む」

ますます不機嫌なため息をつき、枝梧は苛立《いらだ》ちを隠さず紫翠を見つめた。

「では、申し上げます。少しく人間と深く関《かか》わりすぎなのではございますまいか!?」

「宝水鑑を回収するためだ」

「本当に、それだけでございますか!?」

「当たり前だ」

「ではなぜ、宝水鑑をいつまでも人間のもとに置いたままにしているのです」

「渚が売らないと言うのだから、仕方がなかろう。いくらなんでも、力尽くで奪い取ってくるわけにもいくまい」

ああ言えばこう言う紫翠に癇癪《かんしゃく》を起こしたように、枝梧はピシャリと言い放った。

「だからといって、口説く必要はございますまい！」

おっと――。

紫翠は思わず首を竦《すく》めた。

バレている――。

口止めしておいたのに、淪のやつ、喋《しゃべ》ったな、と胸の裡《うち》でぼやく。

おそらく、渚の危機を知らせるために屋敷へ急ぎ戻った淪は、そのまま枝梧に捕まり、何があったのかと日頃のことも含めて厳しく問い質《ただ》されたのだろう。

淪に見られていることを承知で、渚に無体を働いた自分が悪いのだから文句は言えない。

やれやれ……、と、紫翠は伏し目がちに苦笑したため息をついた。

「紫翠様……」

いくぶん声音を和らげ、枝梧は嘆くような口調で言った。

「よもや、杳宮渚なる人間に、本気で懸想されているのではありますまいな」

「そんなことはない」

枝梧の手前、一言のもとに否定した紫翠を、枝梧はなおも疑わしげに見ている。

眉間《みけん》にしわを寄せた枝梧から視線を逸《そ》らし、紫翠は半ば独白するように続けた。

「我らと人間では、時が違いすぎる。それくらいわきまえているから、心配するな」

「それなら、よろしゅうございますが……。せっかくここまで、大過なく過ごされてきたのです。それなのに、今ここで人間などにうつつを抜かしていると知れれば……」

「知れたら、どうだと言うのだ」

不意に声音を硬くして遮った紫翠に、枝梧はさも心外そうに眉《まゆ》を寄せた。

「天界への復帰が遠のくと、申し上げているのです」

途端に、紫翠は口角を歪《ゆが》めるように苦く笑った。

「戻れると、枝梧は本気で思っているのか？」

「……紫翠様」

「天界と人界の狭間《はざま》に墜《お》とされてから、すでに八百年あまりが経つ。今でこそ、こうして表の屋敷を持つことも、外出することも許されるようになったが、俺は今も四六時中監視されている身。それは即《すなわ》ち、天界では俺をまだ罪人と見ているからに他ならない」

事実を淡々と告げるように言うと、紫翠は昂《たか》ぶりかけた気持ちを静めるように言葉を切り小さく息をついた

「そもそも、俺自身、天界へ戻りたいと、本心から思っているのだろうか」

自問自答するような紫翠の呟《つぶや》きに、枝梧が微《かす》かに息を呑《の》んだのが分かった。

透き通った、でも疲れたような笑みを浮かべ、紫翠は目の前の枝梧を通り越し、どこか遠くを見るように視線を飛ばした。

「父上や一族の者のもとへ戻りたい、と願う気持ちがないとは言わない。でも、戻りたくないと思う気持ちもまた、確かにあるのだよ。今さら、戻ってどうする、と……」

天界への復帰が赦《ゆる》されたとしても、そこにもう以前のままの梛祇はいない。

いや違う、と紫翠は思った。

天界から追放された時に、梛祇への未練はきっぱりと断ち切った。

梛祇は奥殿で、神官となる修行に励んでいると聞いている。

ゆくゆくは父の後を継いで、神官長となる日も来るのかもしれなかった。

天界へ戻れば、紫翠は羅刹《らせつ》の一族の武者として、自分を裏切り捨てていった梛祇に仕えなければならないだろう。

それくらいなら、梛祇のいる天界になど戻れなくてかまわないと思う。

戻る意義を見いだせない、と言い換えた方がいいかもしれない。

それに、人界には渚がいる。

思った途端、一気に感情が昂ぶりかけて、慌てて引き結んだ唇の端が微かにふるえた。

そうだ、だから俺はなおさら戻りたくなくなったのだ、と今さらのように思う。

板倉美術館で渚を一目見た瞬間、虚《うつ》ろだった心に風が吹き込んできたのが分かった。

長く空っぽだった心は、一陣の風に大きく揺さぶられ高鳴った。

だから、玄月から渚の写真を見せられた時は、驚きもしたが縁を感じ嬉《うれ》しかったのだ。

その昂揚《こうよう》が、紫翠にらしくもない拙速な行動を取らせたのかもしれなかった。

「明日は遠出をする」

言葉を失ってしまった枝梧に、紫翠が宣言するように言った。

「どちらへお出かけですか」

「だから、遠足だよ」

玄月の言葉を借り、茶化すような返事をした紫翠を、枝梧は困ったように見ている。

「委細は、戻ってから論にでも訊《き》くのだな」

話はここまでとばかりに言った紫翠に逆らわず、枝梧は仕方なさそうに退出していった。

すると、成り行きを見守っていた玄月が立ち上がった。

「なんだ戻るのか。もう少しつき合えよ」

そこへ、側仕えの小姓が酒の支度を調えて戻ってきた。

銀色のワゴンには、酒の他に軽食が載っていた。

「枝梧様が、おふたりともお働きでいらしたので、お腹がお空《す》きではないかと」

テーブルに皿を置きながらそう言うと、小姓は恭しく頭を下げ出ていった。

「分かってくれてるじゃないの」

ふんと鼻を鳴らした紫翠をよそに、玄月は早速、料理に手を伸ばしている。

「うん、美味《うま》い。なかなかいけるよ」

屈託のない玄月に薄く笑って、紫翠は酒を飲んだ。

行きがかりとはいえ、傍らですべてを見聞きするハメになったにもかかわらず、敢《あ》えて何も言及しない玄月の優しさがありがたかった。

「ところで……」と、玄月が声を潜めて言った。

「紫翠は、あの鏡、どう思った?」

「あれは夜叉《やしゃ》の頭領の影蹟《えいせき》だろう」

紫翠が言っているのは、渚が持っていた鏡の鏡背に浮き出ていた家紋のことである。

「ああ、間違いない。あれは、夜叉の頭領から一族の者に降《くだ》し置かれた鏡だ」

「だとすると、あの宝水鑑には夜叉の一族が関わっている可能性がある」

難しい顔をして、玄月は何事か考えるように小さくうなずいた。

「戻って調べれば何か分かるかもしれないが……」

「頼めるか」

「はいはい。お任せあれ」

おどけるように答えてから、「ただ、ちょっと話が古すぎるからな。あまり、期待はするなよ」と真面目《まじめ》な顔でつけ加えた。

「それにしても、今日は焦ったよ。車を持って後から来いって言うなり、返事も聞かずに飛んでっちゃうんだもんなあ。俺が免許持ってないの、知ってるくせに……」

玄月だって、自動車くらい転がせないことはない。でもそんなことをして、万が一、途中で検問にでも引っかかったら始末に困る。

長く人界で暮らしてきた紫翠と違い、玄月は身元を証明する術《すべ》を持たないのだから――。

「俺は何も、お前に運転してこいとは言わなかった」

「……はいはい」

「で、どうしたんだ」

「飛龍《ひりゅう》に運ばせた。勝手に使ったって、後で親父《おやじ》に叱《しか》られそうだよ」

「俺が逃げ出そうとしたから、急を要したとでも言っておけ」

「まさか」と、玄月は呆《あき》れた顔をした。

「そんなこと言ったら、かえって大騒ぎになるじゃないか」

紫翠がクッと笑ったのを見て、玄月も仕方なさそうに苦笑している。

「今日は、お前がいてくれて助かった。世話をかけて悪かったな」

「どういたしまして……。それより、涯堂には結界を張ってきたのか？」

「ああ。お前が、渚の相手をしてくれている隙《すき》に張ってきた」

「とりあえず、これで彼も宝水鑑もひとまず安全だ、と」

「どうかな」

「何か心配事でもあるのか？」

首を振ってから、紫翠は思い直すように玄月を見た。

「今日の連中、誰かに操られていた。あれは、眼力使いの仕業だ」

途端に、玄月の表情が険しくなった。

「確かなのか？」

「間違いない」

「目的はなんなんだ。……まさか、あの鏡か!?」

「多分な。あの鏡は、間違いなく宝水鑑と関わりがある」

「だとすると、あの宝水鑑には天人が関わってるということになる」

「天人なら、俺の結界を破ることもできるかもしれん。ただ、あれだけの眼力を使える者となると、天界でもそう多くはないはずだ。過去、天界を脱走した中に、眼力使いがいないか、それも調べてきてくれないか」

「分かった」

「脱走者ならまだいいが、一番やっかいなのは、あちらの方《かた》の力が動いている場合だ」

あちらの方、とは、天魔皇のことである。

「確かにねえ」

行儀悪く頬杖《ほおづえ》をついて、玄月もため息をついている。

「明日の遠足、何事もなければいいけど」

「心配ない。渚は俺が護《まも》る」

ひくりと反応し、玄月が何か言いたげに片眉を跳ね上げた。

紫翠はわざと素知らぬ顔をして、黙って盃を重ねていた。


その頃、渚は何をする気力もなく、ぼんやりと客間に座り込んでいた。

車で送ってくれた鬼燈と槐威のふたりは、多分、渚をすぐにひとりにするのを心配してくれたのだろう。

店の骨董品《こっとう》を見た後は、渚が案内した座敷でたわいもない話をしてから帰っていった。

卓の上には、鬼燈や槐威に出したお茶がそのままになっている。

鬼燈たちが帰ってしまうと、家の中は急にがらんと静まりかえってしまっていた。

ふと背筋に冷たさを感じ身をふるわせた渚は、慌てて立ち上がると戸締まりを確認した。

何しろ、ひったくりに遭っただけでもショックなのに、その後すぐ、今度は殺されかけたのである。恐怖は今も、渚の心や身体《からだ》を強張《こわば》らせていた。

「あいつら、いったい何が目的だったんだろう。鞄《かばん》をひったくったヤツの仲間なのか」

所持金は大したことはなかったし、渚はお世辞にも金持ちには見えないだろう。

あの時、渚が持っていた金目の物は、あの鏡くらいだった。

でも、あの不良連中が骨董に興味があるとは思えない。

百歩譲って、売れば金になるかもしれないくらい思ったとして、彼らはどうして渚が鏡を持っていると知っていたのだろう。

まさか――。

脳裏をよぎった思いにふるりと首を振って、渚は怯《おび》えたように両腕を抱えた。

鬼燈や、鬼燈の友人だと言った槐威という男も、実はグルだったとしたら――。

助けてくれたときは、本当に嬉しかった。

でも、今こうして冷静に思い返してみると、あまりにタイミング良く鬼燈が現れすぎだったような気がしないでもない。

遊歩道で槐威の姿を見た覚えはないのに、いつの間にか、渚がひったくられた鞄を取り返してくれていた。槐威は、どこでどうやってあの鞄を取り返したのだろう。

暴漢から身体を張って助けてくれて、ここまで送り届けてくれた鬼燈を疑うなんて、どうかしていると思う一方で、何か下心があってのことではないかなどとも思ってしまう。

そして、そんなふうに思う自分がひどく浅ましい心の持ち主になったようで情けなく、自己嫌悪に陥っていた。

それでも、暴漢の正体が分からないだけに、考えれば考えるほど混乱してしまい、何を信じればいいのか分からなくなってしまう。

しかも、成り行きとはいえ、明日は鬼燈と一緒に山梨へ行く約束をしてしまった。

「どうすればいいんだ……」

断るなら、今夜中だと思う。

今日の事件のせいで心身ともに疲れてしまい、とても出かける気になれないと言えば、さすがに無理やり連れ出されることはないだろう。

思い迷いながら座敷へ戻ってきた渚の目に、テーブルの上に置かれた鏡が目に入った。

「ああ、そうだ。これもちゃんとしまっておかないと……」

戸締まりは厳重に確認したが、やっぱり蔵へ入れた方が安心だろう。

鏡を持って、渚は蔵へ行った。

中へ入り、水盤を置いた奥の棚の方へ歩いていく。

蔵の中では、出番を待つ骨董品が静かな眠りを貪《むさぼ》っていた。

信楽《しがらき》の壺《つぼ》や茶釜《ちゃがま》が並ぶ棚の一隅で、青銅製の水盤はひときわ異彩を放つように黒々と蹲《うずくま》っていた。

その隣に、渚は鏡を入れた桐箱《きりばこ》をそっと置いた。

「さて、鬼燈さんに断りの電話をしないとダメだな」

腕時計で時間を確認し、戻ろうとした渚は、入り口近くの棚の前で足を止めた。

積み上げられた掛け軸の箱の横に置かれているのは、あの釘隠《くぎかくし》である。

すっかり忘れていた。

せっかく、今日鬼燈が来たのだから、釘隠をどうするか訊いてみればよかった。

桐箱を開けてみると、七宝《しっぽう》の花籠《はなかご》は渚の惑いなど知らぬげに色鮮やかに煌《きら》めいていた。

「案外、鬼燈さんの方でも、もう忘れてるのかもしれないな」

呟いて桐箱を元に戻そうとした渚の肘《ひじ》が、うっかり掛け軸の箱にぶつかった。

「おっと……」

弾みで箱の一つが滑り落ちそうになり、渚は慌てて手で押さえた。

「危ない、危な……」

呟きを途中で呑み込んで、渚は手にした箱を見つめた。

それは、釘隠と一緒に買い取った掛け軸だった。

墨一色で、険しい岩山の風景が描かれている。

釘隠が使われていた屋敷から出た物だという話だったが、作者不明なためか競売に参加していた古美術商は誰も興味を示さなかった。

でも、一目見た途端、渚は強く惹《ひ》かれていた。

寂しく、荒涼とした景色だけれど、どこか懐かしい感じのする風景だと渚は思った。

だからこそ、釘隠と一緒に買い取ってきたのだった。

渚は掛け軸を箱から取り出した。巻緒を解き、掛緒を棚に取りつけたフックにかける。

派手さはないけれど、描き手の思いがこもったいい絵だ、と改めて思う。

でも、この絵には落款《らっかん》がなかった。

日本画に詳しい古美術商仲間に見てもらったこともあるのだが、作者については何も分からなかった。おそらくは、無名の絵師が描いたものなのだろう。

だからというわけではないが、この掛け軸を店へ出したことは一度もなかった。

改めて絵をしみじみと見ていた時、卒然と渚の頭の中で閃《ひらめ》くものがあった。

フックから掛緒を外すと、渚は掛け軸を持って蔵を出た。

足早に座敷へ戻り、畳の上に掛け軸を広げると、引き出しから拡大鏡を取り出した。

蔵の中より明るい照明の下で、渚は拡大鏡を使って丹念に絵を調べた。

そして、息を呑んだ――。

重なり合った岩の陰にひっそりと、隠し落款が書き込まれているのを発見したのである。

そこには、確かに『紫翠』と書き込まれていた。

隠し落款とは、書画の中にちょっと見たくらいでは分からないように、作者の名前や号を絵柄に紛らせて書き込んでおくことを言う。

「これは……」と呟いた渚の頭に浮かんだのは、鬼燈の顔だった。

あの釘隠を見た時、鬼燈は確かに『懐かしい』と言った。

それでは、もしかしたらこの掛け軸のことも、鬼燈は何か知っているのではないか。

ひょっとして、この絵を描いたのは鬼燈だったりして――。

まさか――。

即座に打ち消し、渚は苦笑いをした。いくらなんでも、それはあり得ない。

この絵が描かれたのは、絹本《けんぽん》や墨の具合から見ても江戸時代に間違いなかった。

それを、鬼燈が描いたはずがない。

あまりの荒唐《こうとう》無稽《むけい》さ、というより馬鹿馬鹿しさに自分でも呆れてしまう。

古美術商ともあろう者が、そんな突拍子もないことを考えるなんて——。

こんなこと、恥ずかしくて誰にも言えやしない。

「やっぱり、疲れてるんだな……」

苦笑交じりに呟いて、渚はスマホを取り出した。

鬼燈に明日の約束の断りを伝えようとして、ふとタップしかけた手を止める。

目は、畳の上の掛け軸に据えられていた。

鬼燈は、あの釘隠をどこで見たのだろう。どうして、懐かしいと言ったのだろう。

さすがに、この絵を鬼燈が描いたとは思わないが、もしかしたらこれは何かの啓示ではないか、という思いが脳裏をよぎった。

考えすぎだと首を振りながらも、ではこの絵を鬼燈に見せたら、どんな反応を示すだろうか、と思っていた。

もう少しだけでいいから、鬼燈のことを知りたい。

そんな気持ちが、渚の胸に湧《わ》き上がっていた。

「……いいか、一緒に行っても……」

電話しないままスマホをテーブルに置くと、渚はもう一度、掛け軸を見つめていた。

明け方近く、渚は雨戸を叩《たた》く風の音で浅い眠りを破られた。

枕元《まくらもと》の目覚まし時計を見ると、まだ四時前である。

ベッドの中で寝返りを打ち、疲れたため息をつく。

昨夜は早々にベッドへ入ったのに、まるで寝た気がしなかった。

うとうとすると襲われた悪夢が蘇《よみがえ》り、目が覚めてしまう。

ほんの少しの物音にも敏感に反応して飛び起きたりしてしまい、布団の中で身を縮めるようにして夜をやり過ごした。

一夜明けて、襲われた時の衝撃が筋肉痛になって跳ね返ってきたらしく、身体の節々が痛い。寝不足のせいで、こめかみもズキズキしていた。

「やっぱり、断ればよかった……」

朝になったら、体調が悪くて行けそうもないとドタキャンしてしまおうか――。

ぐずぐず思い迷ううちに再び眠りに落ちた渚が目を覚ますと、すでに八時過ぎだった。

「……うわ……っ！」

夜、眠れなかったせいで寝過ごすなんて、と渚は頭を抱えた。

鬼燈との約束は九時である。さすがに、今さら断りの電話を入れるには遅すぎた。

仕方なく、身も心も引きずるようにベッドから出ると、渚は急ぎシャワーを浴びた。

鬼燈が車で迎えに来たのは、渚の身支度がどうにか調った直後だった。

「おはようございます」

不調を隠し、渚はできるだけ明るく挨拶《あいさつ》をした。

「あの、昨日はありがとうございました」

改めて礼を言った渚に、鬼燈は小さく首を振っている。

「怪我《けが》がなくて、何よりだった」

「おかげさまで……。あの……、お天気でよかったですね」

「ああ、そうだな」

天気は快晴で、絶好のドライブ日和《びより》である。でも、寝不足の目には太陽の光が痛い。

眩《まぶ》しげに空を見上げた渚のさえない表情を、鬼燈は微かに眉を寄せて見ていた。

「食事はしたのか？」

「えっ？　あ、いえ……、あんまり食欲がなくて……」

「そうだろうな」

助手席のドアを開けてくれながら、鬼燈は気遣うように言った。

運転席に座った鬼燈が、渚の膝《ひざ》に小さな袱紗《ふくさ》包みをぽんと置いた。

「なんですか？」

「弁当だ。厨房《ちゅうぼう》の者に言って作らせてきた」

あまりに思いがけない心遣いに、渚はびっくりしてしまった。

「どうせ、昨日の晩も、ろくに食べていないんだろう」

ペットボトルの緑茶を渡してくれながら、鬼燈は案ずるように言った。

図星を指され、渚は恥じらったように目を伏せた。

「食欲がなくても、腹に入れた方がいい。そうしないと、よけいに疲れを感じる」

「……すみません。ありがとうございます」

走り出した車の中で、渚は萌葱色《もえぎいろ》の袱紗をそっと開いた。

漆塗りの小判型の弁当箱に、塗り箸《ぬばし》が添えられていた。

蓋《ふた》を開けると、二口くらいで食べられそうな可愛《かわい》いおにぎりが三つ入っていた。

おかずは野菜の煮物や焼鮭《やきざけ》などが、一口サイズできれいに詰められている。

「ウチの者は、今時のおしゃれな弁当を知らないからな」

ちらりと弁当箱の中を覗《のぞ》き、鬼燈が苦笑するように言った。

「いえ……。僕も祖父母に育てられましたから。子供の頃、祖母が作ってくれたお弁当は、いつもこんな感じでした」

「君のお祖母《ばあ》さんの味には負けるだろうが、少しでも食べた方がいい」

「ありがとうございます」

胸の奥が仄《ほの》かに暖まった気がして、渚は素直に礼を言った。

「それじゃ、遠慮なくいただきます」

朝起きた時はコーヒーを飲む気にもなれなかったのに、なんだか急に空腹を覚えていた。出汁《だし》の利いた椎茸《しいたけ》や筍《たけのこ》の煮物、少し甘めの卵焼き。料理はどれも、優しい味つけでとても美味《おい》しかった。

「おいしい……」

思わず渚が呟くと、鬼燈はホッとしたようにうなずいている。

「それはよかった。食べたら眠っていていいぞ。ここなら、狼《おおかみ》も手を出せないからな」

言ってから、鬼燈は自嘲《じちょう》するように微苦笑した。

「もっとも、君にとっては狼が運転しているようなものか」

「そんなこと……、ないです……」

反射的に否定してしまうと、なんだか急に恥ずかしくなって頬が火照《ほて》っていた。

もしかして、鬼燈が今日、渚を連れ出したのは、ひとりにしておかない方がいいと考えてくれたからだったのだろうか。

そんなふうに考えると、なおさら気恥ずかしくて、鬼燈の方が見られない。

渚は顔を伏せるようにして、弁当を食べた。

「ごちそうさまでした」

きれいに食べてしまった渚は、弁当箱を元通り袱紗で包もうとして手を止めた。

「……あれ、何か入ってる」

袱紗の角の一つがポケット状になって、そこに小さな包みが隠すように入れられていた。

何か薬味でも用意してくれていたのだろうか。そう思いつつ取り出してみると、それは和紙の小袋で、中には小さな金平糖が五粒入っていた。

「金平糖だ」

「ああ……」と鬼燈が苦笑した。

「俺が子供の頃、乳母が必ず、内緒で弁当につけてくれていた。誰だ、そんなことを覚えていたのは……」

「鬼燈さん、乳母がいたんですか？」

「乳母も守り役もいたぞ。守り役はすっかり頑固ジジイになって、今でも、毎日、口うるさく小言を並べ立ててる」

「へえ……」

渚は目を丸くしてしまった。でも、小言を言われて、苦虫を嚙《か》み潰《つぶ》している鬼燈を想像するとちょっとおかしい。

「乳母や守り役だなんて、なんか時代劇の話みたいですね」

「古い家だからな。時間が止まっているようなものなんだ」

それにしても止まりすぎだろうと思いつつ、渚は金平糖を口の中へ入れた。

仄かに薄荷の味がする甘い金平糖は、なんだかとても懐かしい味だった。

どこかで、この金平糖を食べたことがある気がする、と渚は思った。

子供の頃だったろうか、それとも――。

いつの間にかすっかりリラックスして、渚は車窓を眺めた。

車は高速道路を順調に走り続けていた。

断らないで、思いきって出てきてよかった、と思っていた。

陽射しの差し込む暖かな車内で、渚はいつの間にか眠ってしまったようだった。

ぐっすりと深く眠った渚が目を覚ますと、車は湖畔に停《と》まっていた。

運転席に、鬼燈の姿はない。

慌てて周囲を見回すと、湖を眺める鬼燈の後ろ姿があった。

その背中が、思いがけないほど寂しげに見えて、渚はドキリとしてしまった。

里崎から、鬼燈は高等遊民だと聞いたが、それ以上のことは何も知らないことに、今さらのように気がついていた。

そういえば、昨日、鬼燈と一緒だった槐威も、どことなく浮き世離れした男だった。

今どき、乳母や守り役に囲まれて育ったという鬼燈は、いったいどんな子供時代を過ごしてきたのだろう。

鬼燈のことをもっと知りたい、と、渚は初めて真剣に思っていた。

渚が車から降りていくと、鬼燈が振り返った。

「目が覚めたのか」

「はい。すみません。すっかり眠っちゃって……」

「かまわない。昨日は眠れなかっただろう」

やっぱり、僕のことを心配して、一緒に出かけようと言ってくれたんだ——。

「……夢を見てました」

「どんな夢だ」

「うまく説明できないんですけど、なんだかとても懐かしくて、温かい気持ちになれる優しい夢でした。ぐっすり眠ったおかげで、頭もすっきりした気がします」

「それじゃ、行こうか」

「はい」

思わず弾むように答えてしまい、渚は恥じらったように目を伏せていた。


土産物《みやげ》店が続く商店街を抜け、町外れから続く坂道を登っていくと舗装が途切れ、次第に木が鬱蒼《うっそう》と生い茂る山道へと変わっていた。

途中、何軒か打ち棄《す》てられ廃墟《はいきょ》となった家の前を通り過ぎる。

確かに、かつてはここにも人が住んでいたのだろう。

「なんか、すごいところに来ちゃいましたね」

ガタガタと揺れる車の中で渚が言うと、鬼燈も難しい顔でうなずいている。

やがて、少し開けたところに、小型のパワーショベルが停めてあるのが見えた。

その近くに、鬼燈は車を停めた。

「ここから歩いた方がよさそうだな」

「まだもう少し、登るみたいですね」

肩を並べ、ふたりは山道を歩いていった。

五分ほど急坂を登ると、突然、広い空き地に出た。

「ここらしいな」

「ええ……」

弾んだ息を整えながら、渚はかつて神社が建っていたはずの敷地内を歩いた。

傍らに、古びた石材が無造作に積まれている。

「これ、狛犬《こまいぬ》だ……」

泥にまみれ横倒しに転がされている狛犬が可哀想《かわいそう》で、渚は起こそうとした。

でも、小振りとはいえ石像は重く、渚の力ではびくともしない。

「何をしてるんだ」

「狛犬、神様のお使いなのに可哀想だと思って……」

「そうだな」

そう言ってかがみ込んだ鬼燈は、いとも容易《たやす》く狛犬を起こし泥も払ってくれた。

「鬼燈さん、すごいですね」

「君が非力すぎるんだ」

すました顔で答えると、鬼燈は立ち上がり周囲を警戒するように見回した。

「何かいました……？」

「……いや、気のせいだろう」

そこへ、作業服を着てヘルメットを被《かぶ》った男性がひとり歩いてきた。

「なんか用かね？」と男性が声をかけてきた。

「勝手に入り込んですみません。あの、ここには神社が建ってたと思うんですが……」

渚が慌てて頭を下げると、男性は「ああ」とにこやかに笑った。

「ちょっと前に、取り壊したんだよ」

「そうですか。あの、こちらのご神体は、どうなったんでしょう」

「さあねえ……。町の資料館へ行って訊けば、なんか分かるんじゃないの？」

渚は小さくうなずいた。

「それから、ここには池もあったと思うんですけど」

「池……？」と、男性は首を傾《かし》げている。

「ああ、あれのことかな。そこをもうちょっと登っていくと、でっかい岩があるから。その傍に泉があるよ。それのことかな」

「泉ですか？」

「ここらは、湧き水が多いんだよ」

「そうなんですね。行ってみます」

「気をつけなよ。足下、悪いから」

「ありがとうございます」

頭を下げ、歩き出そうとした渚の腕を、鬼燈が摑《つか》んで引き留めた。

「どうかしたんですか？」

首を振り、鬼燈は渚の腕を放した。

「いや……。行ってみよう」

歩き出した鬼燈の背中を、数瞬、怪訝《けげん》な思いで見つめてから、渚も後に続いた。

薄暗い山道へ入ると、せせらぎの音が聞こえてきた。

湿った落ち葉に足を取られそうになりながら、渚は慎重にその音の方へ歩いていった。

すると、教えられた通り、大人の背丈ほどもある大岩が黒々と鎮座しているのが見えた。

注連縄《しめなわ》を巻きつけられた大岩を回り込むと、透き通った水を湛《たた》えた湧き水があった。

渚が手を入れてみると、水は氷水のように冷たい。

「うわ、冷たい！」

「山の湧き水だからな」

渚の隣で、鬼燈は手で掬《すく》った水を止める間もなく口に含んだ。

「鬼燈さん！　飲んだりして、大丈夫ですか？」

「大丈夫だ。まだ、力は失っていないようだ」

「えっ？」

「甘露だぞ」

眉を寄せつつ、渚も恐る恐る水を手で掬い飲んでみた。

確かに、冷たくてとても美味しい水だった。

「あの神社のご神体は、多分、この岩だな。この岩に封じられていたんだろう」

岩肌を慰撫《いぶ》するようにそっと撫《な》で、鬼燈が囁《ささや》くように言った。

「封じられていたって、何がですか」

「神様に決まってる」

素っ気なく言うなり、鬼燈は来た道を戻り始めた。

肩を竦め、渚はもう一度しゃがみ込み泉の中を覗き込んだ。

本当にここに、あの鏡が沈められていたのだろうか——。

「なんか、違うような気がするんだけどなあ……」

「何してる。行くぞ」

「今、行きます」

慌てて立ち上がり歩き出そうとして、渚はふと立ち止まった。

岩の反対側に、下っていく小径《こみち》があるのに気づいたのである。

「鬼燈さん！」と呼び止めると、木漏れ日の中、鬼燈が振り向いた。

その姿に、強烈な既視感を覚え、渚は戸惑った。

困惑して立ち竦んでいると、鬼燈が戻ってきた。

「どうした」

「あ……、いえ、あの……。こっちにも道が……」

「行ってみるか」

うなずいて、渚は鬼燈とともに小径を下りていった。

小径は薄暗く、曲がりくねっていて、湿った落ち葉が滑りやすくひどく歩きにくかった。

鬼燈は渚を支えつつ、革靴とは思えない確かな足取りで歩いていく。

「どこへ続いてるんでしょう」

不安になった渚が呟くように言った時、突然視界が開け、目の前に大きな池が現れた。

先ほどの泉と違って水は濁り、どんよりと澱《よど》んでいる。

「……まずいな」と、鬼燈が呟いた。

「えっ？」

聞き取れなかった渚が訊き返した時、不意に一陣の強風が吹きつけてきた。

「わっ……」

風に煽《あお》られバランスを崩した渚を、鬼燈が素早く庇《かば》い抱え込んでくれた。

クラシカルでウッディスイートなコロンの香りが、渚をふわりと包み込む。

不意に、トクンと胸が鳴った。

「すみません……。もう、大丈夫です」

慌てて鬼燈から離れると、渚は思わず胸に手を当て息をついた。

なんだか、息が苦しい気がする。

「ここはよくない。戻ろう」

「あ、はい……」

鬼燈に促され、歩き出そうとした渚は、目眩《めまい》を感じてふらついてしまった。

「大丈夫か？」

「昨日、寝不足だったせいかな。もう、大丈夫です」

強いて照れ笑いを浮かべた渚の腕を取ると、鬼燈は渚を庇うようにして歩き出した。

ドキドキと動悸《どうき》がしていた。

目眩がしたりしたせいだろうか。それとも――。

いつの間にか、鬼燈の腕に縋《すが》るようにして、渚は俯《うつむ》きがちに小径を登っていった。


元の神社跡地へ出てくると、ふっと身体が軽くなった気がして呼吸まで楽になっていた。

途端に恥ずかしさが募り、渚は縋っていた鬼燈の腕を放した。

「すみません……」

「気にすることはない。君ひとりくらいなら、背負ったって歩ける。それとも、お姫様抱っこの方がいいか」

「鬼燈さん……。からかわないでください」

困った顔をした渚を見て、鬼燈はホッとしたように笑った。

「町へ戻ろう。さっきの男が言っていた、資料館に行ってみよう」

「そうですね」

うなずきながら、渚は泉へ続く山道を振り返った。

木漏れ日の中で振り向いた鬼燈の姿――。

確かに、どこかで見た光景だった。でも、いつどこで見たのか思い出せない。というより、鬼燈とは里崎邸での茶会で出逢《であ》ったばかりで、一緒に出かけたことなど、今日まで一度もなかった。

それなのに、どうしてそんなふうに思うのか、自分でもさっぱり分からない。

強い風が梢《こずえ》を鳴らし陽が陰った。空を見上げると、いつの間にか黒い雲が湧き出ていた。

「一雨来そうだな。急ごう」

「はい」

鬼燈とともに、渚は足早に神社跡地を後にした。

ふたりが車に戻ってすぐ、大粒の雨が降り出していた。

「危なかったな」と、慎重に車を走らせながら、鬼燈が言った。

「さっき、池のところで、ここはよくないって言いましたよね。あれは、どういう意味だったんですか？」

「そんなこと言ったか？」

ふと思い出して訊いた渚に、鬼燈は白々しくとぼけている。

「言いましたよ」

ちょっとムッとして断言した渚に、鬼燈は「そうか」と言ったきり黙ってしまった。

妙に居心地の悪い沈黙に、渚は気まずく身じろぎをした。

「僕、なんかいけないこと言いました？」

「別に、何も言ってないと思うぞ」

どうやら、鬼燈は渚の疑問に答える気はないらしい。なぜなのか、釈然としないまま、渚はそっと鬼燈の横顔を窺《うかが》った。

気配を感じたのか、鬼燈の方でもチラリと視線を投げてきた。

「あんな薄暗いところにいつまでもいたら、君を押し倒してしまいそうだった」

ぼそりと返された答えに、渚は耳まで真っ赤になった。

「ま、またそんな……冗談……」

「冗談なものか」

言うなり車を停め、鬼燈は渚の方へ向き直った。

「俺はいつだって本気だ」

「鬼燈…さ……ん」

声が掠《かす》れてしまったのはなぜだろう。激しい動悸に、身体まで揺れている気がする。

引き寄せられ、頤《おとがい》を掬われるのが、まるでスローモーションの中に身を置いたように感じられた。抵抗しようと思えばできるはずなのに、なぜか心も身体もフリーズしている。

閉じるのも忘れた目に、何か痛みを堪《こら》えるような鬼燈の表情が映り込む。
そっと唇が重なってくると同時に、渚は静かに目を閉じた。
いつかのような強引さはなく、むしろためらいを感じるような口づけだった。
鬼燈さんと、またキスをしている、と渚はぼんやりと思った。
猛々《たけだけ》しさに振り回されていないからか、鬼燈の体温を直《じか》に感じる気がした。
微かに濡《ぬ》れた音がして、唇が離れていった。
それを少し残念に感じていることに気づき、渚は思わず目を見開いた。
惘然《ぼうぜん》と、渚は鬼燈を見つめた。鬼燈の双眸《そうぼう》は、濃い寂寥《せきりょう》感を湛えていた。
この人は、どうしてこんなに寂しそうなんだろう。
何も言わず静かに座り直した鬼燈が、エンジンをかける音を、渚は黙って聞いていた。
麓《ふもと》まで下りてくると、雨は小降りになっていた。雲の切れ間から、薄日も射している。
「お天気、回復してきましたね」
沈黙に耐えかねた渚が言うと、鬼燈は前を向いたまま「そうだな」と短く答えた。
口調は素っ気なかったが、声音にどこか安堵《あんど》の響きが感じられた。
気まずかったのは、自分だけではないのだと思うと、なんだかホッとしてしまう。
そのことに勇気を得て、渚は言葉を継いだ。

「資料館で、何か分かるといいですね」

「少なくとも、神社の縁起くらいは分かるだろう」

車が町中を走り出すと、つい先ほどまで緑濃い山中にいたことが信じられない気がした。

渚は山の中腹へ、そっと目をやった。

取り壊された神社に祀《まつ》られていた神は、山から人々の暮らしを見守っていたのだろう。

でも、人は次第に神を忘れ、ついには神の住まいである神社まで取り壊してしまった。

「鬼燈さんは、山の中にあった大岩が神社のご神体じゃないかって言いましたよね」

「ああ。間違いないと思うぞ」

「神様は、まだあの山にいるんでしょうか」

「どうして？」

「まだいるんだとしたら、神社を壊されたことをどう思ってるのかなって……」

「ある日突然、見知らぬ人間が重機を持って押しかけてきて、有無を言わせず涯堂を打ち壊したら、君はどう思う」

「怒りますよ。決まってるじゃないですか」

「神だって同じだ」

「そうですよね……」

俯きがちに渚がため息をついた時、鬼燈が「あれだな」と呟いた。

声に目を上げて見ると、前方に郷土資料館の看板が見えていた。

駐車場に車を停め、ふたりは入り口に向かって歩いていった。

大人ひとり三百円の入場料を支払い、資料館の中へ入る。

平日のせいか、見学者の姿はまばらで館内は空いていた。

まず最初に町の歴史に関する解説があり、昔、この地域で実際に使われていた農具や民具が展示されていた。

それらを見ながら、神社に関する資料がないか、ゆっくりと探していく。

「一階にはないみたいですね」

「上へ行ってみよう」

そう言って、階段を上りかけた鬼燈の足が、ふと止まった。

「何かありました？」

鬼燈の視線の先に目をやりながら訊いた渚に首を振ると、鬼燈は階段を上り始めた。

「何を見てたんだろう」

首を傾げながら、渚は鬼燈の後を追った。

二階に展示されていたのは、かつてこの地域が甲斐国《かいのくに》の一部であった時代の文物だった。

古文書や発掘品が年代を追って分かりやすく展示、解説されている。

ここなら何かあるのではと思い、渚は丁寧に展示物を見て回った。

この地域を治めていた豪族が着用したとされる甲冑《かっちゅう》や刀剣など、興味深い物が数多くあったが、件《くだん》の神社に関する資料は残念ながら見当たらなかった。

「ありそうで、ないですね」

「そうだな」

「向こうの展示室も見てみましょう」

渚が言ったちょうどその時、これからふたりが行こうとしていた展示室から、この資料館の職員らしき女性が出てきた。

「すみません」と、渚は足早に階段を下りていこうとした女性を呼び止めた。

「はい。なんでしょうか」

振り向き、戻ってきた女性の胸には、学芸員・佐島《さじま》とネームプレートがつけられていた。

「……あの、山の方に、最近取り壊された神社があったと思うんですが……」

「ああ、はい。鬼神《おにがみ》神社ですね」

「鬼神神社って、言ってたんですか？」

「ええ。鬼をお祀りしていた神社だったので」

「その鬼神神社に関する展示は、どこかにありませんか？」

「ありますよ」と、佐島はにこやかに言った。

「鬼神神社が取り壊されることになって、神社に保管されていた資料などは、すべてこちらの資料館へ移されたんです」

「全部ですか？」

「ええ」

渚は鬼燈と顔を見合わせた。

だとすると、あの水盤と鏡はどうして資料館に収蔵されなかったのだろう。

岩城は、水盤が廃材と一緒に打ち捨てられていたと言ったが、資料館に収蔵する価値のない物だと判断されたということなのだろうか。

でもあの水盤はもちろん、鏡にも絶対に歴史的な価値があると思うのだが——。

「どうぞ、こちらへ。ご案内します」

そう言うと、佐島は先に立って歩き出し、彼女が今出てきたばかりの展示室へ入った。

「元々、鬼神神社は東北地方、今の岩手県の辺りにあったと言われています」

佐島は先に立って歩きながら、鬼神神社の縁起について解説してくれた。

「前九年《ぜんくねん》の役《えき》が始まってすぐの頃に、この地へ戦禍を逃れてきた人々によって移されたと言い伝えられています」

「……前九年の役」と、渚は遠い記憶を探るように眉を寄せた。

高校の日本史で、習ったような気はするのだが――。

「朝廷の命令に従わなくなった安倍頼時《あべのよりとき》を、陸奥守藤原登任《むつのかみふじわらのなりとう》が討伐しようとして逆に敗北を喫した戦いか。ざっと千年近く昔の話だな」

「鬼燈さん、すごいですね」

目を丸くして感心してしまった渚の隣で、佐島がにっこりうなずいた。

「残念ながら、鬼神神社が元々あった場所は分かっていません。古い伝承によると、村が焼き討ちに遭い逃げ惑っていた人々が、大岩に乗って空を飛んでいく鬼神様に導かれてここまで辿《たど》り着いたのだと言われています」

「大岩って、泉の近くにあった岩のことですか」

「そうです。こちらが鬼神神社の縁起絵巻です」

佐島が指し示したガラスケースの中に、絵巻物が展示されていた。

それを見た途端、渚は思わずアッと声をあげた。

「鬼燈さん、これ！」

そこに描かれていたのは、あの水盤を持って必死に逃げる人の姿だった。

村人なのだろうか、水盤を抱え懸命に走って逃げている。それを、鬼が追いかけていた。憤怒《ふんぬ》の形相の双角の鬼は鎧《よろい》を身にまとい、手にした大剣をふるっている。

絵巻は、逃げる人を打ち倒し、ついに鬼が水盤を奪い取る場面に移った。

でもなぜか、鬼は喜ぶどころか、奪い取った水盤を前に膝をつき涙していた。

そして、鬼神神社の言い伝え通り、大岩に乗った鬼の先導で、老若男女が戦禍を逃れようと道を急いでいる場面へと続いていた。

それら一つ一つの場面を、鬼燈は唇を引き結び熱心に見ていた。

鬼燈があまりにも真剣で怖いほどなので、渚は声をかけるのをためらってしまった。

この絵巻の何が、鬼燈をこんなにも引きつけているのだろうか。

「あの、鬼神神社の境内とかに、池はなかったでしょうか？」

「池ですか？」と佐島は首を傾げた。

「泉から少し下ったところに、沼ならありますけど。大沼という……」

「最近、そこから古い鏡が出たという話は、お聞きじゃないですか？」

佐島は首を振った。

「大沼からですか？　大沼はこの辺りにしては珍しく水質が悪く濁っていて、魚もろくに住まないと言われているんです。あんな沼に潜る人なんか、いないと思いますよ」

それでは、あの鏡の出所はどこなのだろう。

分からないことだらけで、渚は鬼燈と顔を見合わせた。

「鬼神神社は、どうして取り壊されてしまったんですか？」

「一昨年《おととし》の台風で、社殿が半壊してしまったんです。修復や再建の話も出るには出たんですが、どうしても資金がないということで……」

「そうだったんですか」

横倒しにされ泥まみれで打ち捨てられていた狛犬を思って、渚はひどく哀しい気持ちになっていた。


渚を涯堂へ送り届けてから屋敷へ戻った紫翠を、玄月が闇《やみ》の館で待ち構えていた。

難しい顔をして客間へ入ってきた紫翠を、玄月はそれ以上に深刻そうな顔で迎えた。

「何か分かったらしいな」

紫翠の声に、玄月はため息交じりにうなずいている。

「宝水鑑が九鼎庫《きゅうていこ》から盗み出された時、夜叉の一族に探索、奪還の命が極秘に下っていた」

狩衣《かりぎぬ》の袖を捌《さば》いて椅子《いす》に座り直すと、玄月は日頃の明朗さが影を潜めた低く沈みがちな声で語った。

「極秘に？」

「ああ。宝水鑑を盗み出したのは、あちらの方の息のかかった木賊《とくさ》という天人だった。あちらの叛乱《はんらん》計画の一環として、事は為《な》されたんだ。四天王の働きにより叛乱計画は頓挫《とんざ》したが、宝水鑑は九鼎庫から持ち出された後だった。あまりにも事が重大だとして、当初、宝水鑑が盗まれたことは極秘にされた。知っていたのは天帝陛下と先代神官長の璃寛《りかん》、探索にあたることになった俺の爺様《じいさま》、つまり夜叉の一族の先代頭領の三人だけだった」

「四天王の耳にも、お入れしなかったのか」

「璃寛の進言を入れ、陛下が承認された、ってことらしいよ。要は、神官長である璃寛まで責任問題が波及するのを避けたってことだろ。なんせ、木賊は覡《かんなぎ》だったんだ」

「いつの話だ」

「千六百年前のことだ」

思わず息を呑み、紫翠は指先でこめかみを押さえ瞑目《めいもく》した。

宝水鑑が行方不明になっているることが公にされたのは、凡《およ》そ千年前のことである。

つまり、盗まれてから約六百年もの間、密《ひそ》かに探し続けていたということなのか――。

「ちょっと待て。千年ほど前に、宝水鑑は一度見つかっているはずだ」

片眉をひくりと上げる得意の表情で、玄月は驚いたように紫翠を見た。

「すごいな。それ、どこ情報だよ。その通り。爺様に命じられて探索に当たっていた冰蓉《ひょう》という夜叉の武者が、人里に隠れ住んでいた木賊を発見、宝水鑑も取り戻した」

紫翠の脳裏に、郷土資料館で見た絵巻物が浮かんでいた。

あの絵巻に描かれていたことが事実なら、あの戦装束に身を固めた鬼が冰蓉なのだろう。だとすると、宝水鑑を持って必死に逃げていたのが、天魔皇の息のかかった覡、木賊だということになるが——。

「無事に取り戻せたのに、冰蓉はどうして宝水鑑を天界へ持ち帰らなかったんだ」

「持ち帰れなかったんだ。不浄の血で穢《けが》れてしまっていたから……」

「宝水鑑が？」

無念そうに、玄月はうなずいた。

「当初の計画では、木賊は宝水鑑を盗み出したら、そのまま冥界へ逃げ込む予定だったらしい。だが、四天王によってあちらの方の叛乱計画が頓挫したため、冥界へ下ることができなくなってしまった。行き場を失った木賊は、人界で呪術師《じゅじゅつし》をして暮らしていたんだ。ヤツはあろうことか、宝水鑑を呪術に使ってたんだよ」

「まさか……」

「そのまさかだよ。宝水鑑をまんまと盗み出せたくらいだから、木賊の力はかなりのものだったんだろう。あれは、特別な宝水鑑だからな。呪《のろ》い殺したい人間が身に着けていた物を中に入れ、それへ生贄《いけにえ》の血を垂らして呪い殺すことまでしてたんだ」

「天界はもちろんだが、冥界でも木賊を追わなかったのか？」

「さあねえ」と、玄月は一転して気の抜けた声を出した。

「追わなかったわけはあるまい」

「そりゃそうでしょ。あれさえ手に入れれば、冥界と天界を隔てる扉の鍵《かぎ》が手に入るんだ。でも、木賊が宝水鑑を使って人を呪い殺し始めたのも、知らなかったはずはないと思うよ。知った上で、面白がってそのままにすることにした可能性もある」

「悪趣味だな」

　吐き捨てるように批難した紫翠に、玄月は肩を竦めた。

「まあねえ。そこがあちらの方の、あちらの方たる所以《ゆえん》なんじゃないの？　そもそも叛乱計画そのものだって、どこまで本気だったかあやしいもんだと思うよ。天帝陛下とあちらの方が正面切って戦ったらどうなるか、よもやご存じないわけないっしょ。あちらの方としては、ちょっと暇潰しに計画立てて、面白そうだからちょっかい出して存在を主張してみた、くらいのもんだったんじゃないの」

紫翠の脳裏に、宝水鑑を前に涙していた鬼の絵が蘇った。

「そうか、それで冰蓉は泣いていたのか」

沈鬱《ちんうつ》な呟きに、玄月はぎょっと目を見開いた。

「お前、どこで……」

紫翠はようやく、郷土資料館で見てきた絵巻物の話を玄月に語った。

「冰蓉は人界に置かざるを得なくなった宝水鑑を護り続けるために、産土神《うぶすながみ》となって人界に残ることになった。そうだな」

確認に、玄月は伏し目がちに小さくうなずいた。

「渚君が持ってた鏡は、天界へ戻れなくなった冰蓉に、夜叉の一族の証《あかし》として爺様が与えた物だった」

無事に務めを果たし、天界への帰還を望んでいただろう冰蓉の落胆と嘆きはいかばかりだっただろう。それを少しでも慰めるために、夜叉の頭領は鏡を降し置いたのだろう。

だが、月日が流れるうちに、天界の者たちは冰蓉のことを忘れ去ってしまった。

同じ夜叉の一族の玄月でさえ、冰蓉のことを知らなかったのである。

結果的に、冰蓉は二度も天界から切り捨てられたも同然ではないか――。

湧き上がった憤りを、紫翠は沁《し》み入るようなため息で抑えた。

「宝水鑑は、鬼神神社という神社に置かれていたらしい。でも、社殿解体の前に、保管されていた資料や社宝の類《たぐ》いは、すべて資料館に移されたと言っていた。それがどうして、宝水鑑だけ神社に残されたんだ？　あげく、解体費用捻出のためとはいえ、たまたま解体に居合わせた古美術商に簡単に売り払われてしまったのか」

独白するように言いながら、紫翠は考えを巡らせていた。

「もしかしたら……。人間に奪い取られないよう、冰蓉が最後の力を振り絞ったか……」

天界からの援護もなく、社殿も取り壊されてしまうほどに土地の人々の信仰を失ってしまった冰蓉に、産土神としての力は、もういくらも残されていなかっただろう。

絵巻物など他の宝物はすべて諦《あきら》め、残された力のすべてを宝水鑑に注ぎ込んだ。

だからこそ、宝水鑑は誰にも顧みられることなく放置されていたのに違いなかった。

おそらく、人目がなくなった時を見計らって、なんとか隠そうとしたのだろう。

だが衰え果てた冰蓉の力では宝水鑑を護り通すことはできず、結局、宝水鑑は社殿解体に居合わせた古美術商の手に渡ってしまった。

「木賊はその後、どうなったんだ。捕縛されたのか？」

「ああ。だが、天界へ護送されてすぐ消えた」

「消えたとはどういうことだ。まさか、裁判もなく密かに処刑したのか？」

「さすがに、それはできないよ。宝水鑑は人界に残されることになったが、持ち出した木賊は捕縛された。正式な裁きもなく処罰することはできない。不本意な結果ながら、一件が落着した今こそ、事を公にする時だとの陛下のご判断で、まずは四天王のお耳に入れることになった。ところがその直前、木賊が獄から消えた」

「脱獄したのか」

「獄の結界を破られた形跡はなかった。でも、木賊は煙のように獄から消えていた」

「誰か手引きした者がいるな。それも、俺たち鬼神より上位の者の仕業だ」

「そうだ。宮城か神殿か、どちらかにあちらの方の息がかかった内通者がいるはずだと、爺様も考えた」

「内通者は誰なのか、判明しなかったのか」

ため息交じりに、玄月は首を振った。

「爺様は、すべてを表沙汰《おもてざた》にして徹底的に調べるべきと上申したが、それは陛下がお望みにならなかった。陛下とあちらの方は、本来、表裏一体だからな。我らには量りかねるものがおありなんだろ。いたずらに事を荒立てて、寝た子を起こすことになってもまずいと思われたか。どちらにしろ、結果、木賊のことは伏せられ、宝水鑑が持ち出されてしまったことだけが公表された」

天帝と天魔皇が闘うということは、蛸《たこ》が自分の足を食べるようなものだと言った者がいた。確かにその通りだと、紫翠も思う。

光と影――。

本来、表裏一体だったはずのもの同士が争えば、どちらが勝っても、世は消滅の危機に晒《さら》されてしまう。

ことほど左様に、三界は危ういバランスの上で保たれている。

「ということは、内通者は今も伏在している可能性があるな」

「ああ。獅子身中《しししんちゅう》の虫なのか、それとも……」

言葉を濁した玄月も、紫翠と同じようなことを考えているのだろう。

「実は今日、海松《みる》を見た」

無言のまま、玄月が目を見開いた。

海松とは、梛祇の兄で眼力の使い手として知られている。梛祇と同じく覡として、神殿に仕えているはずだった。

だが神殿に仕える覡が、人界に降りてくるということは、本来、あり得ないことである。

いったい、何があったのか――。

「……間違いないのか」

「間違いない」

巧みに気配を消してはいたが、あれは確かに海松だった。

「この間、渚君を襲った連中、眼力で操られていたと言ってたな」

紫翠は黙ってうなずいた。

「てことは、今度の件に海松が一枚噛んでる可能性もあるわけだ」

玄月の言葉に、紫翠は眉を寄せた。

「海松は、天界を脱走したわけじゃないんだな」

「ああ、そんな話は聞いてないし、ここしばらく天人の捕縛命令も出てないはずだ」

「だとしたら、海松はなんのために降りてきてるんだ？」

「さあねえ」と、玄月は首を傾げている。

紫翠の脳裏に、こちらをじっと睨《ね》めつけていた、海松のきつい眼差《まなざ》しが蘇っていた。

あれは、確かに凍りつくような憎悪の眼差しだった。

海松が渚のことを知っているはずはないから、やはり放たれた憎しみの的は自分だろう。

俺は海松に何かしただろうか、と紫翠は遠い記憶を探った。

天界にいた頃、紫翠は神殿の警護にあたっていたから、覡や神官とも多少の関わりはあった。海松とも、一度か二度、言葉を交わしたことくらいはあったと思うが、憎まれるほどの関わりはなかったはずだった。

だが、今日、紫翠を見つめる海松から発せられていた憎しみは、尋常ではなかった。何しろ、一緒にいた渚にまで影響を与えてしまったほどだったのだから――。

「どうした」と玄月が気遣わしげに言った。

「何を考えている？」

「俺は海松に何かしただろうか」

「はあ？」と玄月は脱力したような声を出した。

「海松に、凄《すさ》まじい殺気で睨《にら》まれた」

「お前、まさか梛祇だけじゃなく、海松にまで手を出していたのか？」

「おいっ！　そんなことするはずがないだろう」

「だよなあ。それじゃ、手を出してもらえなかったことを恨みに思ってるとか」

「玄月……」と、紫翠は毒気を抜かれたように、ガックリと肩を落とした。

「バカも休み休み言えよ。俺は、海松とはろくに話をしたこともないんだぞ」

「はいはい、冗談ですよ」

「ったく、冗談にもほどがある」

悪戯《いたずら》っぽく首を竦めた玄月をいなすように軽く睨みながら、海松はなんのために人界へ降りてきたのだろうと考える。

　まさか――。

浮かびかけた不吉な思いを振り払うように首を振り、紫翠は酒をあおった。

今頃、渚はどうしているだろう。つい先ほどまで一緒にいたのに、もう渚の顔が見たい。

紫翠はまだ、長く屋敷を空けることを許されていなかった。

それでも、今日は少しでも長く渚の傍についていてやりたいと思っていた。

枝梧の小言なら聞き流せばいいし、天界から懲戒を受けてもかまわないとも考えていた。

だが、海松の出現で紫翠は考えを変えた。

自分が傍にいることで、万が一にも、渚を巻き添えにしてはならない。

そう思ったからこそ、後ろ髪を引かれつつも、警護は淪に任せ屋敷へ戻ったのである。

車を停めて口づけた時、渚は前回のように抵抗はしなかった。

でも、驚きに目を見開いて、怯えたように紫翠を見つめていた。

あの時、自分はどんな顔をしていただろう。

もしかしたら、泣き出しそうな顔をしていたのではないか。

紫翠が自嘲の苦い笑みに唇を歪めた時、扉の外から枝梧の声がした。

「お話し中を、失礼いたします。紫翠様、杏宮渚からお電話が入っております」

闇の館で携帯電話は使えないから、表の屋敷に置いてきた。

それに着信が入ったのを、枝梧は知らせに来てくれたらしい。

知らず、頬が緩みそうになるのを慌てて引き締める。

「今行く」

短く答え、紫翠はすらりと立ち上がっていた。


鬼燈に涯堂まで送ってもらった渚は、まずバスタブに湯を張ってゆっくりと入浴した。

心身ともに、ひどく疲れていた。

昨日の事件の恐怖と衝撃は、まだずっしりと渚にのしかかっている。

でも、疲れているのは、そのせいばかりではない気がした。

大沼の辺でまとわりついてきた重苦しい何かが、今も渚に息苦しさを感じさせていた。

まるで、見えない手で首を絞められているようだった。

鬼燈が傍にいてくれなかったら、昨日の事件がフラッシュバックしてパニックを起こしていたかもしれないと思う。

鬼燈が渚の腕を取り支えてくれると、不思議に気持ちが落ち着き呼吸も楽にできた。

あの時、と渚は湯の中で手足を伸ばしながら思った。

目眩がして息苦しかったにもかかわらず、渚はずっとこのまま鬼燈と歩き続けていたい、と確かに思った。

薄暗くぬかるんだ小径が気味が悪く、早く抜け出したいと願う一方で、鬼燈がもたらす安心感は渚にむず痒《がゆ》いような喜びをも感じさせていた。

指先で、渚は自分の唇にそっと触れた。

また、鬼燈とキスをしてしまった——。

『……あんな薄暗いところにいつまでもいたら、君を押し倒してしまいそうだった……』

鬼燈の低く艶《つや》やかな声が耳の底に蘇り、渚はひとり赤くなった。

『俺はいつだって本気だ……』

そう言い切った時の、鬼燈の真剣な目を思い出しただけで、なんだか身体の奥が熱くなるような気さえしてしまう。

こんなの初めてだ、と渚は思った。

自分は、鬼燈を好きになってしまったのだろうか——。

でも、と渚は思う。

本当に、鬼燈は本気なのだろうか。

鬼燈なら、望めばどんな相手でも手に入れることは可能ではないのかと思う。

教養豊かな美丈夫で、経済力も申し分ない。鬼燈は多分、遊び相手に不自由したことなどないのに違いなかった。

そんな鬼燈が、一介の古美術商に過ぎない自分などに、本気になったりするだろうか。

「……ないない。あるはずない」

思わず声に出して呟いて、渚はため息をついた。

「だって、今日だってすぐに帰っちゃったし……」

山の中の薄暗い小径でさえ、押し倒してしまいたかった渚の部屋へ、鬼燈は足を踏み入れようともしないで帰っていったのである。

渚が、『上がって、お茶でもどうですか？』と、訊いたにもかかわらず、である。

押し倒されたかったわけでは断じてないし、何を期待していたわけでも絶対にないのだけれど、肩透かしを食らったような気持ちも否定できない。

鬼燈は聖人君子を気取ったつもりだったのか、それとも本当は本気ではないからか。

多分、後者だろうな――。

そんなふうに考えて落ち込むのは、鬼燈に心を奪われてしまった証拠のようで口惜しい。

これが、遊び馴《な》れた鬼燈の手管だったとしたら、なおさら悔しい。

でも、鬼燈はそんな姑息《こそく》な手段を使うような男ではないはず。

考えれば考えるほど、思いは迷走し千々に乱れていく。

「あーあっ……」と、渚は胸にわだかまるもやもやを吐き出すように声をあげた。

恋愛経験がないに等しいため、他人に心を深く傾けることに本能的な怖さも感じる。

そもそも、祖父母は可愛がってくれたけれど、実の母にさえ疎まれた自分が、そうそう愛されるはずがないという根源的なコンプレックスが渚の心を縛っていた。

だから、必要以上に鬼燈に深入りすることをためらい、今ならまだ引き返せるなどと、自分で自分にブレーキをかけてしまったりする。

「そうだよ……。だいたい、鬼燈さんと僕じゃ、住んでる世界が違いすぎる。これ以上、振り回されるのは真っ平だ」

自分自身に言い聞かせるように呟くと、渚はざばりと立ち上がった。

風呂《ふろ》から上がった渚は、蔵へ行った。

蔵の中で、水盤は何も知らぬげに沈黙している。

「お前、鬼燈さんのところへ行くかい？」

水盤の縁をそっと指先でなぞりながら声をかけた。

鬼燈がこの水盤に、どうして興味を持ったのか分からないが、今日一日、行動をともにしてみて、鬼燈は『モノへの愛情』を持っている人だと感じた。

鬼燈になら、この水盤を売ってもいいと今は思う。

これを鬼燈に譲り渡してしまったら、鬼燈との縁は切れてしまうかもしれない。

そうなったら哀しい――。

哀しいけれど、今まで通り小さな古美術店の店主として、古き良き品々と向き合いつつ暮らしていけばいいだけだと思う。

哀しみはいずれ薄れ消えていくだろうが、鬼燈との思い出は残るだろう。

気持ちが定まると、渚は蔵を出て鬼燈に連絡をとろうとした。

でも、鬼燈の携帯電話は繫《つな》がらなかった。

渚を送り届けた後、どこかへ遊びにでも行ってしまったのだろうか。

勢いを削《そ》がれた気分でため息をついていると、手の中のスマホが突然震動した。

ディスプレイに浮かび上がったのは、鬼燈の名前である。

それを見た瞬間、渚の鼓動が一気に跳ね上がっていた。

気を鎮めるように息をつき、渚は通話ボタンをタップした。

「杏宮です」

『電話くれただろう。出られなくてすまなかった』

鬼燈の低くまろやかな声が、耳に流れ込んでくる。

「いえ、お忙しいところすみません」

『何かあったのか？』

「あの、鬼神神社の水盤ですが、今でも購入の意思はおありですか？」

『もちろんだ』

打てば響くような迷いのない返事に、渚はスマホを耳に当てたままうっすらと笑った。

やっぱり、鬼燈が優しくしてくれたのは、水盤のためだったのかな、と思ってしまう。

だから渚も、迷いのない声で告げた。

「それでは、あの水盤は鬼燈さんにお譲りします」

戸惑うようなわずかな間の後、鬼燈は『……いいのか？』と、確認するように訊いた。

「ええ、かまいません。今日、鬼神神社へ行ったおかげで、水盤の由来も分かりましたし。

明日、お届けにあがろうと思いますが、ご都合はいかがですか？」

渚は強いて事務的に話を進めた。

『俺はいつでもかまわない』

「それじゃ、午前中に伺いますね」

『なんで急に気が変わったんだ？』

「……水盤が、鬼燈さんのところへ行くと言ったんです」

ともすればふざけているとも取られかねない渚の返事に、鬼燈は静かな声で『そうか』とだけ答えた。

鬼燈との電話を切ると、ひどく寂しい気持ちに襲われていた。

寂しいけれど、これでよかったのだ、と思った。

明日はあの釘隠を忘れずに持っていこう。自分からの最初で最後の贈り物として――。

そう考えてから、隠し落款を見つけたあの掛け軸は、鬼燈にも誰にも見せずにしまっておくことにしようと思った。

あの掛け軸が、鬼燈に関係している物なのかどうかすら分からないけれど、初めての恋を思い出すよすがに手元に置いておきたいと思う。

古美術商なのに仕入れた品物を手放さないなんて、と思わないでもないけれど、一つくらいそんな物があってもいいだろう。

胸の奥の痛みを堪えるように、渚は沈黙したスマホを握りしめていた。

翌日も、すっきりと晴れたいい天気だった。

さすがに、三日も続けて休業ではお客さんに申しわけないので、鬼燈のところから戻ったら店を開けよう。

そう思った渚は『戻り次第、営業いたします。午後になると思います』と手書きの貼《は》り紙をして、鬼燈の屋敷へ車で向かった。

水盤を鬼燈に譲り渡してしまったら、またいつもの暮らしが始まる。

そう思っていた。

都内有数の閑静な住宅街の一番奥まった一画にある鬼燈の屋敷は、渚の想像を遥《はる》かに絶していた。

古色蒼然《こしょくそうぜん》としたアールデコの門扉を見上げ、渚は感嘆のため息をついた。

なるほど、こんな屋敷で生まれ育てば、乳母も守り役も普通にいそうだと思ってしまう。

「確かに、住んでる世界が違いすぎだな」

ひっそり苦笑して、渚はインターホンの呼び出しボタンを押した。

『はい』と、すぐにしわがれ声で返事がした。

「涯堂の杳宮と申します。鬼燈様にお届け物があって参りました」

『承っております。どうぞ、お入りください』

声と同時に、観音開きの門扉が静かに開いた。

でも、伸び上がって覗いても、アプローチの先にあるはずの屋敷は影も形も見えない。

車に戻ると、渚は木立に囲まれたアプローチを静かに進み始めた。

どこまでいけばいいのか、と不安に思った頃、ようやく玄関ポーチが見えてきた。

渚が車を停めると、フロックコートにベストを着た白髪の老人が出迎えてくれた。

もしかして、この人が鬼燈の守り役だろうか。

「杳宮様ですね」

「はい」と答えた声が、緊張で思わずふるえてしまった。

渚が車から水盤を包んだ風呂敷包みを降ろしていると、背後から「お持ちいたします」と声がかかった。

振り向くと、ブラックスーツにネクタイを締めた、細身の青年が立っている。

「すみません。お願いします。……あの、重いですから、気をつけてください」

青銅製の水盤は、重さが五キロ近くある。うっかり落とされては、元も子もない。

だが、さして逞《たくま》しそうにも見えない青年は、渚から渡された風呂敷包みを、まるで重さを感じさせず軽々と捧げ持った。

渚は一瞬、唖然《あぜん》とし、次いで感心してしまった。

「こちらへどうぞ。紫翠様がお待ちでございます」

老人に促され、渚は鬼燈邸へ足を踏み入れた。

玄関を入ってすぐの窓際に象嵌《ぞうがん》を施したアンティークのテーブルが置かれ、その上に剱《つるぎ》を帯びた戦装束姿の鬼神像が飾ってあった。

三十センチほどの高さの像は金銅製で、鍍金《ときん》もきれいに残っている。

その辺りを祓《はら》うような張り詰めた凜々《りり》しい迫力に、渚は魅入られたように足を止めた。

「あれは……」と、渚は思わず呟いた。

確かに、あの像をどこかで見た覚えがあると思った。

でも、どこで見たのか思い出せない。思い出せないのに、泣きたいほどの切なさと慕わしさに一気に胸を締めつけられて、渚は困惑してしまった。

息を詰め、じっと鬼神像を見つめる渚を、老人が怪訝そうに振り向いた。

「どうか、なさいましたか?」

「あ、いえ……。すみません」

慌てて首を振り、渚は鬼神像に心を残しつつ歩き出した。

長い廊下を歩いて案内されたのは、意外にも床の間のついた座敷だった。

墨跡の掛け軸がかかる床の間を背に、紬《つむぎ》の着物に袴《はかま》を着けた鬼燈が端座している。

背筋を伸ばしたその恬《てん》とした姿に、渚は一瞬見とれてしまった。

「わざわざ足を運んでもらって、すまなかったな」

「いえ……」

慌てて目を伏せると、渚は静かに座敷へ足を踏み入れた。

螺鈿《らでん》を施した紫檀《したん》の座卓を挟んで、鬼燈と向き合って座る。

すぐ後に続いてきた青年が、捧げ持ってきた水盤を渚の傍らにそっと置いてくれた。

「なんか、すごいお屋敷ですね。びっくりしました」

思わず、正直な感想が口を突いていた。

商売柄、ハイソサエティと称される人たちの豪邸へ品物を届けに行ったことは何度もあるが、さすがにここまでのお屋敷は滅多にない。

「言っただろう。時間が止まっているような古い家だって」

なるほど、確かに――。

とは言えず、曖昧《あいまい》な笑みを浮かべながら、渚は内心で『それにしても、止まりすぎだよ』とひっそり呟いた。

「あの、鬼燈さん、失礼ですがご家族は……」

「いない。ここに住んでいるのは、俺と使用人だけだ」

これだけのお屋敷だから、使用人もかなりの人数がいるのだろうと思う。

それでも、こんな広大な屋敷で家族もなく、鬼燈は寂しくないのだろうか。

「そうでしたか……」

あまり立ち入ったことも訊けず、渚は伏し目がちに当たり障りなく答えた。

「失礼します」と、襖《ふすま》の向こうから声がかかった。

「入れ」と鬼燈が答えると、先ほど渚を案内してくれた老人が、お茶を運んできてくれた。

老人は鬼燈と渚の前にお茶を置くと、去り際に渚をじろりと威嚇《いかく》するように見た。

その視線の迫力に気圧《けお》された渚がつい顔を伏せると、鬼燈が「枝梧」と低くたしなめるように呼んだ。

「呼ぶまで、誰も来るな」

「承知いたしました」

不承不承というように答え、老人は座敷から退《さ》がっていった。

「さて、本当に水盤を譲ってもらえるのかな」

「もちろんです。そのために、今日は伺ったのですから」

傍らに置いた風呂敷包みを開き、渚は水盤を取り出した。

座卓を傷つけないように畳んだ風呂敷を敷き、その上に水盤をそっと置く。

「いくらだ」

傍らの文箱を開け小切手帳を取り出しながら、鬼燈が訊いた。

「千二百万円、頂戴《ちょうだい》します」

儲《もう》けなしの値を告げた渚の方を、鬼燈がチラリと見た。

「では、千五百万で買い取ろう」

「えっ……」

渚は驚きのあまり、一瞬、言葉に詰まってしまった。

値切られることは日常茶飯事だが、言い値に上乗せして払うなどと言い出したのは、正真正銘、鬼燈が初めてである。

静かに息をついて、渚は鬼燈を見た。

「水盤の儲けはいりません。その代わり、玄関に飾ってあった鬼神像、ぜひともお譲りいただけませんか？」

今度は、鬼燈が驚いた顔で渚を見つめた。

「あれか……。どうして、あれが欲しいと思ったんだ」

「一目惚《ひとめぼ》れしちゃったんです」と、渚は正直に答えた。

「競りの会場でこの水盤を目にした時、どうしてもこれは自分が競り落とさなければならない。人手に渡してはいけない物だと勝手に思い込んで、無我夢中で競り落としてしまいました。今日まで、なぜそんなふうに思ったのか分かりませんでした。でも、先ほどあの鬼神像を見た瞬間、僕はこの像と出逢うために、水盤を競り落としたのかもしれない。そう思ったんです」

「あれと出逢うために？」

さも意外そうな声に、渚は恥じらったように笑った。

「ええ、そうです。あの鬼神像は、古美術商としてではなく、僕個人として買い取らせていただきたいんです。商品ではなく、僕の蒐集品《しゅうしゅう》として大切にしたいと思います」

紫翠は微かに目を見開き、じっと渚の話を聞いていた。

やがて、二度までも渚に口づけた、薄く整った唇に和らいだ笑みが浮かんだ。

「そうまで言うなら、あの像は君にあげよう」

「えっ！」

仰天して、渚は夢中で首を振った。

「あれほどの像、いただくわけにはいきません」

「いいんだ。あれは、まだ若い頃の俺の姿を写した物だから、君に持っていてもらいたい。君が大切にしてくれるなら、あの像も本望だろう」

なんと答えればいいのか言葉に詰まり、渚はぱちぱちと瞬《まばた》きをした。

自分の目に狂いがなければ、あの鬼神像はおそらく鎌倉時代の物で、八百年以上昔の物のはずだった。それなのに、鬼燈はあれは自分の若い頃の姿を写した物だという。

競りで踏み込んで買おうと思ったら、思いがけないほどの安値で手に入ってしまい、途端に大丈夫だろうかと不安に駆られる時がある。

それと似たような感覚に捕らわれかけたが、あれは絶対に本物だと渚は思った。

鬼燈は、自分をからかっているのに違いない。

でも、渚が金を払うと言っても、多分、鬼燈は受け取ろうとしないだろう。

千五百万の小切手を無造作に渡すことができる鬼燈にとって、あの像一つ渚にプレゼントするのはなんでもないことなのかもしれない。

眉を寄せてそう多少無理やり結論を下すと、渚は携えてきた風呂敷包みを卓の上に載せた。包みを開き、桐箱を取り出す。

「それは？」

「鬼燈さんが店にいらした時に、懐かしいと言った釘隠です」

「ああ、あれか」

嬉しそうに口元を綻《ほころ》ばせた鬼燈の前に、蓋を開けた桐箱を差し出す。

「あの鬼神像の代わりにはとてもなりませんが、僕からはこれを差し上げます。それで、よろしいでしょうか」

「もちろんだ。そうか、取り置きしておいてくれたのか。ありがとう」

思っていたよりずっと鬼燈が喜んだので、渚も嬉しくなっていた。

卓上にあった真鍮《しんちゅう》製の古風な呼び鈴を鬼燈が鳴らすと、襖の外からすぐに声が返った。

「お呼びでしょうか」

「玄関に飾ってある鬼神像を持ってこい」

「畏まりました」

すぐに、先ほどの青年によって、鬼神像が座敷に届けられた。

手渡された鬼神像を、渚は改めてじっと見つめた。

やはり、間違いのない物だと確信する。

上代以降、衰退していた金銅仏の鋳造は、鎌倉時代に入って再び盛んになる。

この像はおそらく、鎌倉時代初期に作られたものだろうと思った。

これだけ質の高い金銅仏に出逢う機会は、そうそうないと思うほどの名品だった。

「やっぱり、これはいただけません」と、渚は言った。

「どうして」

「こんな名品を、釘隠と交換だなんて……」

「気にすることはない。この釘隠は、もう二度と見ることはないと思っていた、俺の思い出の品なんだ。それに君が目をとめて、仕入れてくれたことが嬉しかった。だから、俺にとって、この釘隠はその像に勝るとも劣らない価値を持っているんだ」

「鬼燈さんは、その釘隠を、どこでご覧になったんですか？」

「これは、俺が下絵を描いて作らせた物だ」

「まさか……」と、渚は呆れた顔をした。

「あり得ませんよ。それは、江戸時代の物ですよ」

伏し目がちに、鬼燈は「ふふ……」と低く笑った。

「やっぱり、君の目利きは確からしい」

「からかわないでください」

ムッとした渚に、鬼燈はあっさりと「悪かった」と詫《わ》びてきた。

「俺はその像を、ぜひとも君に持っていてもらいたいんだ。だから、君は何も気にすることはない」

「鬼燈さん……」

なんだか、別れのメッセージのようだ、と渚は思った。

俺はいつだって本気……、じゃなかったんだ、と胸の裡で呟くと、渚の中で何かがしゅんと萎《しぼ》んでしまった気がした。

渚は目の前に置かれた鬼神像に目を向けた。

切れ長の涼やかな目、通った鼻筋――。

言われてみれば、鬼神像は鬼燈に似ているようにも見える。

「それでは、お言葉に甘えて、この像はいただいていきます。必ず、大切にします」

丁寧に頭を下げてそう言うと、渚は改めて目の前の鬼神像へ目をやった。

眦《まなじり》を決し、鬼神像は凛々しく引き締まった表情で虚空を見据えている。

ふと、鬼燈はこの鬼神像に、何を託したんだろう。そう、思っていた。


その晩、店を閉めた後、ひとりで簡単な夕食を済ませ戸締まりを確認すると、渚は店の二階にある寝室へ引き上げた。

李朝の簞笥《たんす》や染付の花瓶、アールデコのデスクランプに大正時代のガラス時計。

年代も作られた地域もバラバラで、一見調和しなさそうな物たちが、それぞれの個性を引き立て合うようにしっくりと馴染《なじ》んでいる。

渚の部屋にある物は、すべて祖父母から引き継いだ大切なお気に入りばかりだった。

そして今日、鬼燈からもらった鬼神像が新たに加わった。

鬼神像は、ベッドサイドでナイトテーブルとして使っている、アンティークのコンソールテーブルに飾ることにした。

ベッドに腰かけ、渚は鬼燈の面影を持つ鬼神像を見つめた。

戦装束に身を包み、鬼神は昂然《こうぜん》と顔を上げ立ち尽くしていた。

見えない何かを見据えているような、それとも遙か彼方を見通しているような――。

凜然《りんぜん》としたその姿には、なぜか孤高の寂寥感が漂っている気がした。

鬼神はどこから来て、何を護ろうとして戦っているのか――。

ふと、鬼燈は今頃どうしているか、と思っていた。

あの時の流れに取り残されたような豪壮な洋館で、大勢の使用人に傅《かしず》かれ、でもひとりきりで暮らしていると言った鬼燈。

渚もひとりだった。ひとり暮らしを、これまで寂しいと思ったことはなかった。

それは、心の奥からそっと取り出して眺めるような思い出を、何も持っていなかったからだ、とようやく渚は気づいていた。

祖父母との思い出はもちろんある。でも、秘密の匂《にお》いのするような、きらきら輝いているけれど危うい切なさを孕《はら》んだ経験など、これまでに一度もしたことがなかった。

ゆっくりと反芻《はんすう》するように、渚は鬼神神社跡の帰り道に鬼燈と交わしたキスを思った。

途端、ひどく喉《のど》が渇いていた。

あの山の中の泉で、鬼燈が『甘露だぞ』と言った低い声が耳の底に蘇ってくる。

鬼燈は、彼は寂しくないのだろうか――。

思いながら鬼神像へ目をやると、涼しげな目許《めもと》が微かに陰ったような気がした。

その晩、渚は長く不思議な夢を見た。

鬱蒼とした森を抜けると、陽射しが降り注ぐ野原が開けていた。

野原の真ん中には、一本の見上げるような巨木が枝を広げている。

その巨木の根方に、渚は座っていた。

少し離れたところに、誰かが座っている。誰かは分からないのに、自分は恋人と一緒にいるのだ、と渚は思った。

吹き抜ける爽《さわ》やかな風が、どこからか甘い花の香りを運んでくる。

梢では小鳥が囀《さえず》り、緑の草原は色とりどりの花々で彩られていた。

渚の足下には竹で編んだ籠が置かれ、摘《つ》み取ってきた花が溢《あふ》れんばかりに入っている。

花が萎れてしまわないうちに、花籠を持って戻らなければならない。

でも、あともう少しだけ——。

満ち足りた幸せな気分で、渚はうっとりと離れて座る恋人の方へ顔を傾けた。

なぜか顔は見えなかったが、恋人も静かな優しい笑みを浮かべているのが分かる。

恋人同士なのに、肩を寄せ合うことも、手を取り合うこともない。

それでも、ふたりとも満足していた。

互いの存在を感じていられるだけで、充分、幸福なのだ。

不意に、恋人が立ち上がった。

一歩、二歩と近づいてくる恋人の逞しい姿を、渚は黙って見つめていた。

座っている渚の傍らに片膝をつくと、恋人がそっと髪を撫でてくれた。

触れられるのは初めてで、渚は怯えたように身をふるわせた。

そんな渚をなだめるようにもう一度髪に触れ、それから壊れ物を扱うように肩を抱いた。

おずおずと胸に寄せた顔を指先で仰向かせると、恋人は啄《ついば》むようなキスをした。

驚きに声もなく目を見開き、渚は恋人の腕から逃れ、いざるように後退《あとずさ》った。

足下の花籠を拾い上げ、弾《はじ》かれたように立ち上がると森へ向かって走り出す。

早鐘のように心臓が鳴って、息が上がる。

背後から、誰かが呼んでいた。

切ない声で呼ばれるたびに、胸が締めつけられて苦しくなった。
「──────っ！」
振り向きざまに恋人の名前を呼ぼうとして、渚はハッと目を覚ました。
「……夢か」と呟く。
ガラス時計の針は、四時少し前を指していた。まだ、外は真っ暗だろう。
喉がからからに渇いて、たった今まで本当に走っていたように動悸がしている。
胸の底をさらうようなため息をつき、渚はゆっくりと寝返りを打った。
ナイトテーブルの上に、鬼神像が渚を見守るかのように立っている。
夢の中で自分が一緒にいたのは、この鬼神だったのではないか──。
なんの脈絡もなく浮かんだ思いは、なぜかしっくりと渚の胸に広がっていた。
あの花が咲き乱れる野原を知っている、いや行ったことがあるような気がする。
携えた籠に花を摘む自分を、鬼神はいつも少し離れたところで優しく見ていてくれた。
恋人同士なのに、どうして離れていたんだろう。あそこは、どこだったんだろう。
遠い記憶を探るように、渚は考え続けた。
そうだ、羅刹谷《らせつこく》──！
突如として閃いた地名に、渚は思わず飛び起きた。

まだ幼稚園にも上がらない頃から、夜になると渚は『羅刹谷へ帰る』と言い張っては泣きじゃくった。

ここは自分の家ではない、自分は羅刹谷へ帰るのだと言っては号泣する我が子に、両親がどんなに困惑したか、今ならよく分かる。

それでなくても虚弱な次男を抱え、育児に疲れ果てていた母親が、わけの分からないことを言っては夜泣きする長男を、重荷に感じ疎ましく思うようになってしまったとしても、責められない話だったのかもしれない。

今さらのように思い当たって、渚はうっすらと苦い笑みを浮かべた。

でも、あの頃の自分は、故郷から無理やり引き離されたような孤独と絶望で、泣かずにはいられなかったのだ。

当然ながら、いくら訴えても、誰も渚を羅刹谷へ連れていってはくれなかった。

というよりも、家族の誰も羅刹谷がどこにあるかも知らなかったのだ。

やがて成長するにつれ、どんなに焦がれようとも羅刹谷へは帰れないのだ、という諦めが渚の中に広がっていった。

そして、羅刹谷のことを訴えて、いたずらに両親を困らせてはいけないのだ、という分別もつくようになった。

時すでに遅く、その頃には母の心はすっかり渚から離れてしまっていたが――。

「……鬼燈さん」

ふと、声に出して呼んでみた。

途端に、泣き出したいような切なさが込み上げていた。

寂しい――。

目を伏せうなだれた渚を慰めるように、鬼神像は凛として渚に寄り添い立っていた。


明け方近く目覚めた渚が、再び眠りの底へと引き込まれた時――。

渚の傍らに、狩衣姿の紫翠が立っていた。

夢寐《むび》を漂う渚を起こさないよう気遣いながら、頬にかかる黒髪に指先で触れる。

細身の身体をベッドから掬い上げ、かき抱きたい衝動を辛うじて抑え、でも我慢できずにわずかに開いた唇をそっと啄んだ。

ナイトテーブルに立つ鬼神像が、そんな紫翠の行動を咎《とが》めるかのように見つめていた。

この像が造られたのは、まだ天界と人界の境が今よりずっと曖昧だった頃だった。

天界と人界、二つの世界を自在に行き来し、時には人とも交わりを持っていた紫翠は、まだ無名だが腕は確かなひとりの若い仏師と知り合った。

彼は紫翠を異界に棲《す》まう鬼と知っても、少しも怖《おそ》れなかったばかりか、ぜひとも姿を像に写させて欲しいと懇願した。

そんな彼の剛胆さを面白がった紫翠が、モデルとなってから五十年あまり後――。

五十数年前と少しも変わらぬ姿で訪れた紫翠に、功成り名を遂げ老仏師となっていた男は、思いがけない再会を喜び、誰にも譲らず秘蔵してきた鬼神像をこの世の名残にと手渡してくれたのだった。

だから、渚がこの鬼神像に目をとめ、譲って欲しいと言い出した時は嬉しかった。

想い出のよすがとして渡すのに、これ以上の物はないと思った。

悠久の時を見つめるかのような鬼神像の目を、紫翠は真っ直《す》ぐに見つめた。

これより先、我が想いを継ぎ、渚を守護してくれるように――。

そう願いを込めると、紫翠はふわりと空へ溶けいった。

涯堂の前に降り立ち狩衣の袖を払った紫翠の前に、続いて舞い降りた淪が片膝をついた。

「紫翠様。結界を解いてしまって大丈夫でしょうか」

「宝水鑑は闇の館へ移した。もうここが狙《ねら》われる虞《おそれ》もないだろう。我らは所詮《しょせん》、異界の者。あまり長く、我らの影響を及ぼさない方がよい」

未練を断ち切るように、紫翠は言った。

鬼神である自分と渚では、時の歩みが違いすぎることは誰に言われずとも承知していた。

それでも、もう少しだけ人のふりをして、渚とともにいたいと願っていた。

枝梧の小言は常から聞き流しているし、今さら天界の覚えなどくそ食らえだった。

身勝手な我儘《わがまま》だと自覚していたが、せめて十年、いや半分の五年でもいいから、恋人として渚の傍にいたい。

そう強く望んでいた紫翠の気持ちを、玄月の言葉が覆した。

『お前はともかく、いずれ取り残される渚君の気持ちはどうなるんだ。ともに歩めないと分かっていながら手を出すのは、一度だけにしておけ』

親友だからこその歯に衣《きぬ》を着せない忠告は、紫翠の胸に深々と突き刺さった。

もう二度と、ここへは来ないと決めたからこそ、今夜、紫翠は自ら張った結界を解きに訪れたのだった。

「できるだけ早く、表の屋敷も引き払うよう枝梧に命じた。人の世も、我らのような者には住みにくくなってきた。このたちは、闇の館に引きこもることになるやもしれないな」

紫翠が自由に出入りしていた頃の人界は、濃く深い闇の中、魑魅魍魎《ちみもうりょう》が跳梁跋扈《ちょうりょうばっこ》する渾沌《こんとん》とした世界だった。

天界と人界、冥界の境すら曖昧模糊《あいまいもこ》としていて、そういう意味では紫翠のような鬼神が人に紛れて暮らすのにもっとも苦労しなかった時代だった。

人々も今よりずっと闇に戦《おのの》き、物の怪《け》を恐れ、その分、信心深かった。

だからこそ、時には鬼神である紫翠と交流を持つ人もいたのである。

やがて、闇の館に墜とされた紫翠が、ようやく人界への出入りを認められた頃、人の世は戦もなくなりすっかり落ち着いていた。

それでも闇の色はまだ濃く、人の世界と背中合わせに、異界への入り口がぱっくりと口を開けていても不思議はないような緩さと危うさを失ってはいなかった。

人の世が影を持たなくなってきたのは、いつの頃からだっただろう、と紫翠は思った。

気がつけば、どこもかしこも皓々《こうこう》とした人工の灯《あか》りに照らされ、夜の闇すら薄れていった。星々が輝きを失うにつれ、多くの人々は迷信を捨て、信心すらなくしていった。

そうして、異界に属する者たちは、次第に居場所を失い追い詰められ消え去っていった。

紫翠も人に紛れて暮らしていくのが、この百年あまりでずいぶん窮屈になりつつあった。

そろそろ、闇の館へ引き揚げる潮時なのかもしれない、と紫翠は思う。

でもそうなると、またあの青鈍色《あおにびいろ》の濃い霧に閉ざされ光も射さず風も吹かない世界で、四六時中薄闇を見つめて暮らさなければならない。

だからこそ、一日も早く天界へ復帰できるよう、身を慎《つつし》み功を上げろと枝梧は日々口うるさく説くが——。

意地でも虚勢でもなく、紫翠は今さら天界へ戻りたいとは思わなかった。

「どうしても息が詰まったら、時々、こっそり様子を見に来ようか」

雨戸に閉ざされた寝室の窓を見上げ、紫翠はひそと呟いた。

渚の前に姿さえ現さなければ、元気な姿を密かに見るくらいは許されるだろう。

「恋人でもできていたら、ショックで立ち直れないか……」

未練だな、と苦笑して、紫翠は淪の方へ向き直った。

「心配はないと思うが、念のためだ。あと二日、お前はここで警戒にあたれ。その間に何事も起きなければ、任を解く」

「畏まりました」

短く答え、淪は闇に溶けて消えた。

まだ夜明けには、少し時間がありそうだった。

都会の夜空が星の煌めきを見失って久しいが、月だけは変わらず蒼《あお》く輝いている。

そう思って見上げた空に、今にも消え入りそうに痩《や》せた月が頼りなげに浮かんでいた。

「今宵《こよい》は月も儚《はかな》いか……」

呟いて、ゆったりと歩き出した紫翠の前に、玄月が舞い降りてきた。

「そんな格好でふらふらしてると、通報されちゃうよ」

おどけるような口調に、紫翠はふんと鼻を鳴らした。

「心配するな。ちゃんと結界を張っている。そもそも、お前だって同じ姿じゃないか」

玄月と反対側へ歩き出そうとした紫翠の袖を、玄月が引き留めるように引いた。

「紫翠、帰ろうよ。帰って、酒でも飲もうよ」

「……お前を相手に飲んでもな」

拗《す》ねたように言い返した紫翠に、玄月が慰めるように笑いかけた。

「ご挨拶だなあ……。そんなに落ち込むなよ。宝水鑑を無事に取り戻したんだ。いずれ、恩賞の話もあるだろ」

「恩賞など、欲しくもない。なんならお前にくれてやるから、手柄はすべてお前ひとりのものにすればいい」

「紫翠……。今度こそ、恩赦を受けて天界へ戻れるかもしれないんだぞ」

俯きがちに、紫翠は首を振った。

「皆、俺が天界へ戻りたがっていると決めこんでいるが、俺は本当に戻りたくないんだ。今さら俺が戻っても、親父だって、羅刹の頭領として扱いに困るだろうしな」

紫翠にだって、故郷を懐かしく思う気持ちはもちろんある。

一族の者たちの中には、今も紫翠を慕ってくれている者たちがいることも承知していた。

それはそれでありがたいことと思うが、紫翠に代わって後嗣《こうし》となった弟の立場もある。

だから、父親としては息子の恩赦を望んでいたとしても、羅刹の頭領としては、今さら廃嫡した紫翠に戻られても困るという本音があるだろうことくらい察せられた。

紫翠だってそんなことは百も承知していたし、それを自業自得と思いこそすれ、不服に感じたことは一度もなかった。

それでも、天界にも人界にも居場所はなく、結局、自分は宙ぶらりんの闇の館に生涯いるしかないのだという孤絶感からは逃れられない。

「冰蓉はどうしただろうな」

再び歩き出した紫翠の呟きに、玄月の眉が曇った。

「産土神としての力も失い、消滅してしまったかもしれない」

紫翠は、白み始めた空に消えかかっている月を見上げた。

山の中の泉の水は澄んでいて、おそらく冰蓉の棲まいと人界を繋いでいただろう大岩も霊力を失ってはいなかった。

だが、そこに冰蓉の気配は、もはや遺されていなかった。

山の気に溶けて消えたか――。

冰蓉の無念が胸に迫る気がして、紫翠は唇を嚙みしめた。

「……待てよ」と紫翠は足を止めた。

玄月が怪訝そうに振り向いている。

「冰蓉には、宝水鑑を護りきるほどの力も残っていなかったはずなのに、どうしてあの大岩は霊力を失っていなかったんだ？」

ぞくり、と、紫翠の背中を冷たいものが走った。

「誰かが力を貸したか……」

「あり得ないよ」と、玄月が即座に否定した。

「それなら、冰蓉は宝水鑑を失うことはなかったはずだ」

「宝水鑑を失った後だったらどうだ」

「ええ？　誰が、なんのために？」

「分からん。でも、可能性はなくはない」

紫翠の脳裏に、憎悪をたぎらせていた海松の目が浮かんでいた。

「海松だ。海松は、なんのために人界へ降りてきたんだ」

「そのことだが……。本当にお前が見たのは、海松だったのか？」

「間違いない」

あの、どことなく梛祇を思わせるが、梛祇よりずっと権高で冷たい感じがする美貌《びぼう》は、間違いなく海松だった。

「おかしいなあ」と玄月は、腕組みをして首を傾げている。

「海松は、天界の安寧祈願のために、仲間の覡とともに奥殿に参籠《さんろう》しているそうなんだ。人界になんか、降りているはずがないと言われたんだよな」

驚きに目を見開いて、紫翠は玄月を振り向いた。

それが本当なら、自分が鬼神神社跡で見た海松は、何者だったのか——。

誰がなんのために海松を装い、あれほどの憎悪を自分に投げつけてきたのか——。

湧き上がった不穏な思いに、紫翠は胸がざわめくのを感じていた。


明け方近くに一度目覚め、再び眠りに落ちた渚は、何かが雨戸に当たったような音で目を覚ました。

常夜灯の薄灯りの中で寝返りを打ち、ガラス時計に目をやると七時過ぎである。

「大変だ！」

いつもなら六時頃には起きて、店の前を掃き清め、それから朝食にするのに――。

疲れているのか、このところ寝坊ばかりしている。

今日も一時間も寝過ごしたことに焦って、渚は慌ててベッドを出ると雨戸を開けた。

外は、本降りの雨だった。いつの間に降り出したのか、ひんやりと湿った空気が部屋の中へ流れ込んできて、渚は思わずぶるっとふるえた。

あいにくの天気だが、おかげで店の前の掃き掃除はしなくてもすむ。

ぐっすりと眠ったおかげなのか、今朝は気分も良く身体も軽い気がした。

「よし！」と気合いを入れ直すと、渚は手早く着替えをした。

このところ連日出かけてしまったせいで、ほとんど店は閉めたままだった。

いくら涯堂は不定休の店だとはいえ、これではせっかく足を運んでくれたお客さんに無駄足ばかりで申しわけない。

今日こそは、朝から店を開けなければと、渚は急いで階下へ下りた。

「お腹空いたな……」

台所へ行き冷蔵庫を開けてみると、買い物をしていなかったせいで空っぽだった。

「雨だし、コンビニ行くのも面倒だしなあ……」

ぼやいて、鬼燈が持ってきてくれた弁当は美味しかったな、と思った。

「あ、納豆があった。これでいいや……」

冷凍してあった残りご飯を解凍しながら、渚は「侘《わび》しいなあ」とつい呟いた。残りご飯と納豆の朝食でも、せめて誰かと一緒なら、ぶつぶつ文句を言い合うこともできるのに――。

ふとそんなふうに思って、今までこんなことを考えたことはなかったのに、と自分でも驚いてしまった。

「ま、考えたって仕方がない。そのうち、お客さんが来れば世間話もできるし」

気を取り直し、台所で立ったまま超簡単な朝食を済ませると、渚は店へ行こうとした。

台所を出た渚が居間を通り、廊下へ出ようとした時――。

不意に、蔵の方から「ないぞ！　ようやく結界が解かれてみれば、肝心の物がないではないか！」と怒りの滲んだ太い声が聞こえた。

ぎょっと振り向いた途端、目眩がしたように視界がぐにゃりと歪んだ。

立っていられず蹲った渚の胸ぐらを、見えない手が摑み上げ乱暴に揺する。

「貴様、宝水鑑をどこへやった!?」と迫る声が、頭の中に直接響いた。

「……知ら…な…い……。宝水鑑なん…て、……知らない」

万力のような手で締め上げられ、息ができない。しかも、足が浮いてしまっている。

「嘘をつくな!」

「……嘘、じゃ……な……い……」

弱々しい渚の声に、「渚様を放せ！」という、凛とした声が被さった。

途端に突き放され倒れ込んだ渚を、誰かが背中に庇ってくれた。

咳《せ》き込みながら無我夢中で縋った渚は、次の瞬間、瞠目結舌《どうもくけつぜつ》して硬直した。

渚が縋りついたのは、鎧姿の見知らぬ若い男だった。

しかも、頭には双角が生えている！

まさか、あの鬼神像が動き出した――!?

混乱した頭の中で、そんなあり得ないことを考えた渚の目前で、激しい乱闘が始まった。

見れば、渚や若い鬼に襲いかかっているのも、白髪を振り乱した鬼だった。

ぎょろりとした目を血走らせ、丸太のような腕で大剣をふるっている。

「そこの人間を、こちらによこせ！」と白髪の鬼が吠《ほ》えた。

「渡すか！　渚様は命に替えてもお護りする！」

少しも怯《ひる》まず言い放つなり、若い鬼も背に負っていた大剣を抜き放ち振りかざした。

いつの間にか、渚の周囲には紫を帯びた黒い靄《もや》が立ちこめていた。

靄は次第に濃さを増し、闘うふたりの鬼の姿すらはっきりしなくなっていく。

縋りついた若い鬼を見失うまいとして、渚は夢中で手を伸ばした。

すると、若い鬼が渚の手をしっかりと握り返してくれた。

「渚様。わたくしから、離れてはなりません」

若い鬼は渚を背中に庇いながら闘っていた。そのせいなのか、白髪の鬼に押されてしまっているような気がする。

本当は自分が離れていた方がいいのかもしれない。

そう思うのだが、怖ろしくて握った手を放すことがどうしてもできない。

不意に血飛沫《ちしぶき》が飛び、渚が縋っていた若い鬼が押し殺した呻《うめ》き声をあげ膝をついた。

同時に、誰かに腕を摑まれ、渚の身体は引きずられるように浮き上がっていた。

「渚様っ！」と呼ぶ、若い鬼の声がみるみる遠ざかっていく。

「……助けてっ！　誰かっ！」

必死に抗《あらが》いもがいたが、移動するスピードはどんどん加速していく。

ついさっきまで、確かに自分の家にいたはずなのに、もう自分がどこにいるのかも分からなくなってしまった。

いったい、何が起きているのか──。

恐怖と混乱の中、渚は夢中で鬼燈の名前を呼んだ。

「助けて！　鬼燈さん、助けて！」

叫んだ瞬間、ぐるんと身体が回転した。

そして、墜落――。

「うわーーっ！」

恐慌状態で、渚は悲鳴をあげた。喉がひりつくほど大声で叫んでいるはずなのに、その声すらどこかに吸い取られている気がする。

暗闇の中を、真っ逆さまに落ち続けた身体が、不意に止まった。

叩きつけられるでもなく、まさに止まった、という感覚に、渚は恐る恐る手を伸ばした。

背中は確かに、何か底についていた。分厚いゴムのような弾力を感じるが、とにかく鼻を摘まれても分からない真っ暗闇なので、自分がどんな状況にあるのかも分からない。

恐る恐る左右に伸ばした手に、触れる物は何もなかった。

息苦しくはなく手足も自由に動くが、粘度の高い液体の中にいるような圧迫感があった。

思わず、手を自分の顔に持っていくと、顔も手も凍えるように冷たくなっていた。

それなのに、極度の緊張のせいなのか寒さすら感じない――。

ここはどこなんだろう。どうやったら逃げられるんだろう。

二度とここから出られなかったら――！

恐怖のあまりカタカタと身体がふるえ、心臓が口から飛び出してしまいそうだった。

両手で口元を押さえ、少しでも落ち着こうと深く息を吸う。

でも、息をすると、周囲の闇まで吸い込んでしまいそうな気がして恐かった。

「誰か……。鬼燈さん……。助けて、助けて……」

顔に当てた指先が濡れて、渚は自分が泣いていることに初めて気づいた。

泣いたって仕方がない、しっかりしろ、と必死に自分を叱咤《しった》しても、涙は後から後から溢れて止まらない。

でも、自分の泣き声さえも吸い込まれてしまう闇の中で、泣けば泣くほど募る絶望感が渚の心を蝕《むしば》んでいく。

「お願い、誰か……、誰かきて……」

暗闇の中で胎児のように蹲り、渚は必死に恐怖と闘い続けた。


『紫翠様っ！』

脳髄に突き刺さるような淪の切羽詰まった思念が飛んできた時、紫翠は闇の館で玄月と酒を飲んでいた。

『……鬼です！　渚様が鬼にっ……！』

突然、顔色を変え椅子を倒す勢いで立ち上がった紫翠を、玄月が驚いて見上げている。

「どうした？」

「渚が鬼に襲われている」

「なんだって⁉」

「警護につけておいた諭から急報が入った」

言うやいなや、紫翠は刀掛けの剱《つるぎ》を掴み、次元を超えて跳躍した。

「おい、待て、紫翠！」

慌てて、玄月も後を追って空へ消えた。

降りしきる雨の中、涯堂は扉を閉ざし、ただひっそりと静まりかえっていた。

人の目には何一つ異変などないように見えるだろうが、紫翠の目には建物全体が濃い黒紫の靄に押し包まれているのが分かる。

夜叉の一族が、敵を一網打尽にする時などに使う強力な結界である。

「……これは……」

紫翠を追ってきた玄月が、愕然《がくぜん》と目を見開いている
無言のまま突入しようとした紫翠を、玄月が慌てて止めた。

「待て、紫翠。これだけの結界を張っているとなると、中に何人いるか分からないぞ。淪とは話せないのか？」

「呼びかけているが、返事がない。事は急を要する」

言いながら、紫翠は人差し指で天を指すように片手を挙げた。

指先へ誘引した雷《いかずち》で結界を強引に切り裂き、紫翠は涯堂の中へ体当たりで躍り込んだ。

窓ガラスが、音もなく粉々に砕け散る。

室内に、鬼の禍《まが》々《まが》しい気配はすでになかった。

立ちこめている黒紫の靄を、紫翠が抜き放った剱の一閃《いっせん》で振り払うと、血溜《ちだ》まりに淪が倒れ伏していた。

「淪っ！」

ぎょっとして、紫翠は抜き身を床に置き、淪を抱き起こした。

狩衣の胸元が、みるみる赤く染まっていく。

「しっかりしろ。何があった⁉」

紫翠の胸に抱えられた淪が、うっすらと目を開けた。

「淪、分かるか？　わたしだ。何があった？」

血まみれの手を弱々しく伸ばし、淪は呻くように声を洩《も》らした。

「…申し…わ…け……ませ……ん。や……しゃの……」

「夜叉の武者に襲われたのか？　冰蓉か？」

淪は微かにうなずいた。

「渚はどうした？」

「お…にが………み……」

「鬼神神社か？」

「ほう…す……んと……こう…か……」

「鬼神神社で、宝水鑑と交換と言ったのか？」

もう一度、辛うじてうなずくと、淪は意識を失った。

『枝梧っ！』と紫翠は、思念を飛ばした。

『天界より直《ただ》ちに医伯を呼べ』

『紫翠様。何があったのです!?』

『説明している暇はない。淪が死ぬぞっ！』

ハッと息を呑む気配がして、枝梧は沈黙した。

おそらく今頃は、大わらわで行動を開始しているだろう。

流人の住まいである闇の館に常駐の医伯はいないし、急病人が出たと言っても、天界からはなかなか来てくれない。

　まして、主人《あるじ》の紫翠ではなく警護の武者とあっては、急派を依頼しても直ちに動いてもらえる保証はなかった。

　それでも、枝梧のつてを頼れば、なんとかなるかもしれない。絶対に、淪を死なせるわけにはいかないのだ。

「すまない、淪。わたしが油断して、結界を解いたばかりに……。赦せ……」

　唇を嚙みしめ、紫翠は玄月を振り仰いだ。

「頼む、手を貸してくれ。お前も直ちに天界へ立ち戻り、医伯の急派を要請してくれ。なんとしても、淪を助けたい」

　頭を下げて頼んだ紫翠に、玄月は即座にうなずいた。

「任せろ。紫翠、くれぐれも無茶はするなよ」

　一言言い添えると、玄月は姿を消した。

「しっかりしろ、淪。必ず助けるからな」

　淪を抱えて立ち上がると、紫翠は闇の館へ舞い戻った。

　深手を負って意識不明の淪が、慌ただしく奥へ運ばれていくと、戦装束に身を固めた武者たちが紫翠のもとへ続々と集まってきた。

皆、羅刹の一族で、闇の館の警護や紫翠の身の回りの世話をしている鬼たちである。

「紫翠様。綸が夜叉の武者に襲われたのというのは、まことでございますか？」

血まみれの狩衣姿のまま、紫翠は広間を埋めた武者たちの前に立った。

「そうだ。だが、夜叉の一族が事を構えてきたのではない。産土神としての力を奪われた夜叉の者が、何者かに唆されて暴挙に及んだ可能性がある」

「何者かとは……。よもや、あちらの方では……」

「迂闊《うかつ》なことを口にするな。まだ、何も分からないのだ。だが、この館で一、二を争う手《て》練《だ》れの綸が、あれほどの深手を負わされたのだ。相当の力を持った者だろう」

集まった武者たちの間に、ざわめきが広がった。

「誰か、我が鎧を持て！」

「戦装束などお召しになって、どうなさるのです？」と、枝梧の慌てた声が響いた。

「枝梧か。医伯はどうした」

「玄月様が、夜叉の頭領を通じて差配してくださいました。なんとか、命は取り留めようとのことでございます」

ほっとして、紫翠はうなずいた。

集まった武者たちの間にも、安堵の吐息が広がっていく。

「渚が人質に取られている。宝水鑑と交換だと言ったらしい」

「なんと！」

目を剝《む》いた枝梧に、紫翠は厳しい顔でうなずいた。

紫翠としては、渚を無事に取り戻すためなら、宝水鑑などすぐにもくれてやりたいくらいの気持ちだった。

だが、天界からの正式な指示により、闇の館に留め置くとされた物を、勝手に持ち出すことは許されない。

何よりも、宝水鑑が万が一にも悪用されれば、天界だけでなく人界にも甚大な被害を及ぼすことになってしまう。

その上、宝水鑑を渡せば、必ず渚は無事に戻るという保証もないのである。

「渚は必ず無事に救い出す。だが、宝水鑑を渡すことはできない」

「だからといって、紫翠様自らご出陣になるのは……」

「わたしが行かなくて、誰が行くのだ。人質は渚なんだぞ」

枝梧は顔をしかめ渋るそぶりを見せたが、渚が人質では致し方ないと思ったようだった。

天界の争いの巻き添えで、人間が傷つくなどあってはならない不祥事なのである。

枝梧は唸《うな》りながらも、不承不承うなずいた。

紫翠は、片膝をつき臨戦態勢で控えている武者たちに向き直った。

「わたしはこれより、人質の救出に参る。お前たちは、別命有るまで待機していろ」

「まさか、紫翠様おひとりでいらっしゃるおつもりか⁉」

顔色を変えた枝梧に、紫翠はあっさりとうなずいた。

「それは、あまりに危険です！」

「わたしがひとりで出向けば、冰蓉も話し合いに応じるやもしれぬ。最初から大勢で押しかけては、話も何もできないではないか」

「紫翠様の身に何かあったら、いかがするのです⁉」

「わたしを誰だと思っているのだ。羅刹の紫翠だぞ」

不敵な笑みを浮かべた紫翠を、枝梧は唇を引き結びじっと見つめている。

止めて止まる紫翠ではないと分かっている。だが、ひとりで行かせるわけにはいかない。

紫翠をなんと説得しようか、枝梧は頭の中で必死に考えを巡らせているようだった。

「誰か、疾《と》く我が鎧を！」

血まみれの狩衣を脱ぎ捨てながら、紫翠は凜と声を張った。

「紫翠様。どうかせめて十人、供をお連れください」

枝梧の言葉が終わらないうちに、我こそはと名乗りを上げるように何人もの武者が次々に立ち上がった。結果、全員が拳《こぶし》を握りしめ立ち上がっている。

「駄目だ。渚の命がかかっている」

小姓の介添えで手早く白銀の鎧を身に着けながら、紫翠はきっぱりと言い切った。

「紫翠様！」

悲鳴のような枝梧の声に、妙にのんびりした玄月の声が被さった。

「だからさ、俺が一緒に行くよ」

漆黒の鎧に身を固めた玄月が、剱を帯びて入ってきた。

「玄月。医伯の件、忝《かたじけな》かった。恩に着る」

「堅苦しいことは言いっこなし。当然だろ。元を糺《ただ》せば、冰蓉は夜叉の一族なんだ」

「後は、俺の仕事だ」

「まあまあ、そう突っ張りなさんな」

逸《はや》る紫翠をいなすように言うと、玄月は羅刹の武者たちの方へ向き直り、言葉を改めた。

「此度《こたび》は、我が一族の者が多大な迷惑をかけ申しわけない。この通りだ」

下げた頭を上げると、玄月はきっぱりと宣言した。

「この上は、紫翠殿に助太刀《すけだち》して、なんとしても人質を奪還して参る」

「玄月……」

「駄目だとは言わせないぞ。言っただろう、変わり果てたとはいえ、冰蓉は夜叉の一族なんだ。俺の手で捕縛し、天界へ護送してやるのが、せめてもの情けというものだろう」

最後は苦渋を呑み込むように言った玄月に、紫翠も黙ってうなずいた。

「では、ともに参ろう！」

「はいはい、お任せあれ」

緊迫した紫翠の声に、玄月が妙に間延びした返事をし、ふたりは次元を超えて出陣した。


鬼神神社跡一帯には、猛烈な嵐《あらし》が吹き荒れていた。

叩きつけるような豪雨と暴風の中に、紫翠は玄月とともに降り立った。

逆巻く風に、紫翠の長い黒髪がたてがみのようになびいている。

ふたりは、油断なく辺りを見回した。

「冰蓉！　出てこい！　羅刹の紫翠だ！」

風音に負けじと紫翠が声を張ると、滝のような雨が幕を開くように左右に割れ、中から血まみれの大剣をひっさげた冰蓉がのっそりと現れた。

「お前が冰蓉か。渚は無事なのか⁉」

「生きている」と、冰蓉はふてぶてしく答えた。

「すぐに渚を解放しろ」

「宝水鑑と交換と言ったはずだ」

「天界の許可を得なければ、宝水鑑を動かすことはできない」

「そうやって時間稼ぎをして、軍勢でも呼び寄せるつもりか」

「そんなことはしない。俺たちふたりだけだ」

「信用できないな。あの人間が死んでもいいんだな」

結界の中へ戻りかけた冰蓉を、紫翠は慌てて呼び止めた。

「待て！　産土神として、長く人々を守護してきたお前が、何故《なにゆえ》、渚を巻き込む。あれは人間。天界の争いとは無縁の者」

「あの者は、宝水鑑を買い取ると言った俺を欺いた。酬いは受けてもらわねばならん」

その一言で、紫翠は冰蓉が渚を無事に帰すつもりがないことを悟った。

「そんなに宝水鑑が欲しいか」

「ああ、欲しい！」と、冰蓉は吠えるように答えた。

「宝水鑑を献上すれば、俺に厄神として大いなる力を与えると、あの方は約束してくださった。その力をもって、俺は、俺を忘れ捨てた天界にも人界にも復讐を果たすのだ」

「あの方って、まさか……」と玄月が呻いた。

「復讐などすれば、お前だってただではすまないことくらい、分かっているだろう。今ならまだ引き返せる。渚を解放して、我らに降れ」

紫翠の説得を、冰蓉は「ふん」と鼻であしらうように一蹴《いっしゅう》した。

「一族の者には忘れ去られ、長く守護した人間にも惨めに捨てられ、一度は消えかけたこの身だ。本懐を果たせば、消滅したとて悔いはない！」

「冰蓉……」と、それまで黙って聞いていた玄月が口を開いた。

「お前が憤り、無念に思う気持ちは分かる。恨みに思って当然だとも思う。だが、お前は白道翁《はくどうおう》の片腕とまで言われた、夜叉の一族でも一目置かれる存在だったではないか」

「お前は誰だ」

「俺は、夜叉の玄月だ」

「玄月……」と、冰蓉は訝《いぶか》しげに呟いた。

「白道翁は、俺の爺様だよ」

「では……」と目を見開いた冰蓉に向かって、玄月は一歩踏み出した。

「夜叉の後嗣として、汝《なんじ》の長年の労苦を労《ねぎら》うとともに、一族の忘恩を心より詫びる。本当にすまなかった。この通りだ」

潔く頭を下げた玄月を見て、冰蓉は戸惑うように「玄月様……」と呼んだ。

「なあ、冰蓉。俺と一緒に、天界へ帰ろうよ」

「天界へ……」

呟いた冰蓉の目が微かに潤んだ。

「そうだ。ここまでのことをしでかしてしまっては、さすがに無罪放免というわけにはいかないだろう。でも、夜叉の一族として、できるだけのことをすると約束する。爺様にも親父にも、俺が必ず減刑嘆願させる。だから、無念だろうが、渚君を解放して、ここはひとまず退いてくれ。頼む」

嚙んで含めるような玄月の言葉は、冰蓉の心を多少なりとも動かしたようだった。

「……天界へ」と、冰蓉がもう一度呟いた声には、隠しきれない望郷の念が滲んでいた。

「ああ、俺たちの故郷だ」

もう一押し、と玄月が囁くように言った時――。

突如、紫翠や玄月にまで響く、何者かの思念が突き刺さるように飛び込んできた。

『殺せっ！　殺すんだ！』

ぎょっとして周囲を見回した玄月に、冰蓉が大剣を振りかざし襲いかかった。

「玄月！」

すかさず剱を抜き放った紫翠が玄月を庇い、辛うじてそれを鍔元《つばもと》で受け止めた。吹き荒《すさ》ぶ風に、刃《やいば》の音が散る。

「冰蓉、どうした？　天界へ帰れなくなってもいいのか？」

紫翠の必死の呼びかけにも、冰蓉はもう反応しなかった。

眦を決して見開かれた目は据わり、牙《きば》を剝いた顔も強張ってしまっている。

「誰かに操られている」

紫翠の声に、玄月も悔しそうにうなずいている。

「くっそ、あと一息だったのにっ！」

「こうなっては仕方がない。油断するな、玄月」

「分かってる！」

吐き捨てるように答えるなり、玄月も剱を抜き放った。

舞い上がった冰蓉を追い、紫翠が飛んだ。

上空は分厚い黒雲が垂れ込め、まるで夜になったような暗さだった。

冰蓉が大剣をふるうと、暴風が渦を巻いて襲いかかってきた。

さしもの紫翠も煽られ叩き落とされそうになるのを必死に堪え、雷《いかずち》を帯びた剱を振りかぶり大きく撃ち下ろした。

途端、雷鳴が轟《とどろ》き渡り、一瞬、辺りが明るく輝いた。

紫翠の白銀の鎧が、稲光を反射して蒼白い光を放つ。

その光の中を、一直線に急降下してくる冰蓉に向かい、紫翠も怯むことなく突き進んだ。

バシッと、直撃雷の凄まじい音がして火花が散った。

弾き飛ばされた冰蓉が、形相を変え再び紫翠に向かって斬《き》りかかろうとする。

「冰蓉！　正気を取り戻せ！」

紫翠の前に躍り出た玄月が、諦めきれないように声を張った。

だが、もう何も聞こえていないらしく、冰蓉は玄月に向かって大剣を振り下ろした。

辛うじてそれを受け止めた玄月が、渾身《こんしん》の力を込め弾き返す。

冰蓉は体勢を立て直すと、すかさず降りしきる雨を断ち切るように横殴りに斬りつけてきた。正気を失ったせいで、夜叉の後嗣に対する気後れやためらいが消え、通常の数倍もの力を発揮しているようだった。

「玄月、大丈夫か？」

息を整えながらうなずいた玄月に、紫翠は左へ開けと視線で指示を出した。

強風に髪をなびかせながら、紫翠が大上段に剱を構える。

右へ右へと回るように移動する紫翠から距離を取り、玄月が左へと開いていく。

天空を切り裂くように稲妻が走り、それを合図に紫翠と玄月が同時に斬りかかった。

「ぎゃっ」と濁った悲鳴を残し、冰蓉は真っ逆さまに墜落していった。

それを追って、紫翠は目にも止まらぬ速度で急降下した。

気を失った冰蓉が地上に叩きつけられる寸前、伸ばした手で冰蓉の腕を掴む。

後を追ってきた玄月が、冰蓉のもう片方の腕を掴んだ。

「すまん。力加減を誤った」

「どういたしまして……」

冰蓉とともに、ふたりがふわりと地上に舞い降りると同時に、雨がやんでいた。


真っ暗闇で蹲っていた渚は、ビリビリと響いてくる振動に気づき、身を強張らせた。

見えないと分かっていても必死に目を見開き、何か物音がしないかと耳を澄ませる。

すると、渚を押し包んでいた分厚いゴムのような弾力が、ふっと消えた。

同時に闇の中に針の先で突いたような、小さな光が浮かんだ。

光は見る間に大きくなり、やがて人の形となった。

ぎょっとして思わず後退った渚の前に、水干《すいかん》に指貫袴《さしぬきばかま》を着た若い男が立ち塞《ふさ》がった。

上下とも純白で、袖口に淡い紫の飾り紐《ひも》がついている。

男の冷たく整った顔に、渚は見覚えがあるような気がした。

でも、どこで会ったのか思い出せない。

男の手に、懐剣が握られているのに気づき、渚は硬直した。

「殺してやる」

怨嗟《えんさ》の籠《こ》もる声で、男は呪詛《じゅそ》するように言った。

「殺して、二度と転生もできないように消滅させてやる」

「な、何を言って……」

恐怖に戦慄《わなな》く背中が、壁に突き当たった。今まで渚を包んでいた分厚いゴムのような壁ではなく、ゴツゴツとした岩の感触だった。

懐剣を構え、突進してきた男を、渚は辛うじて躱《かわ》した。

ガッと、懐剣が岩にぶつかる嫌な音が響く。

閉ざされた薄闇の中、どっちへ逃げればいいのかすら分からない。でも、とにかく逃げなければ殺されてしまう。

押さえ込もうとする男と、渚は必死にもみ合った。

喉元に突きつけられた切っ先が、あと少しで突き刺さってしまう、と思った時、不意に男が電気にでも撃たれたように動きを止めた。

耳を澄まし様子を窺うように首を傾げ、「ちっ！」と忌々しげに舌打ちをした。

「使えないヤツ……」

何かに気を取られたらしい男の力がわずかに弛《ゆる》んだのに乗じて、渚は渾身の力を振り絞り、のしかかっている男を突き飛ばした。

「この……っ！」

起き上がり、再び渚を襲おうとして、男はびくりと怯えるように背後を振り向いた。

「次は、必ず殺す」

捨て台詞《ぜりふ》を残し、男はかき消すように姿を消した。

また、周囲は闇に閉ざされてしまった。

何がなんだか分からないけれど、とりあえずは助かったらしい。

安堵のあまり全身から力が抜け、ハアハアと肩で息をしながらがくりと膝をついた渚は、不思議な淡い光を放つ珠が一つ転がっているのに気づいた。

野球のボールよりは小さいが、卓球の球ほど小さくはない。

恐る恐る拾ってみると、銀の飾り金具がついていて、大きさのわりにずっしりとした重みを感じる珠だった。

掌《てのひら》の上で転がすと、途端に珠は万華鏡のような煌めきを放った。

その様々に色を変える神秘的な光を目にした途端、渚は頭の芯《しん》に鋭い針を突き立てられたような痛みと目眩を感じた。

こめかみがドクンドクンと拍動し、頭の痛みと吐き気に固く目を閉じても身体がぐるぐる回っている気がする。

思わず、縋るように手の中の珠を握りしめると、身の裡から何か得体の知れないものが一気に膨れ上がってくる感覚を覚えた。

怖い――――!

本能的な恐怖に渚が頭を抱え蹲るのと同時に、まるで睡魔に引き込まれるように気が遠くなっていた。

それは、ほんの一瞬のことだったのかもしれない。

渚が完全に眠りに落ちる寸前、身体の中で極限まで膨張した何かがパンっと弾けた。

身体が粉々に吹き飛んだかのようなその衝撃は、渚に絶大な解放感をもたらした。

全身に新たな気が一気に流れ込み、身も心も解き放たれ自由になっていく。漂うような浮揚感の中、渚という器の中に封じられ人間として生きていた梛祇の魂が覚醒《かくせい》していた。

「ここは……。僕はどうして、こんなところにいるんだ……?」

霞《かすみ》がかかったような頭をふるっと振って、渚……椰祇は周囲を見回した。

「ああ、そうか……。夜叉の武者にさらわれてきたんだっけ……。そうだ、海松！　海松は、どこへ行ってしまったんだろう」

分からない。何も分からない――。

深いため息をついて、椰祇は周囲を見回した。

薄闇の中に閉じ込められていることには変わりないが、椰祇の魂が目覚めたことにより、周囲の様子はくっきりと見えるようになっていた。

椰祇は、どこか洞窟《どうくつ》の中にいるらしかった。

思いのほか広々としていて、天井も高い。岩肌は荒削りでゴツゴツしているが、足下の土はさらさらと乾いていて柔らかくなっている。

とにかく、ここから出なければと思ったが、結界が張られていてどうにもならない。

「……海松はどうして、僕を殺そうとしたんだろう。ふたりきりの兄弟なのに……」

椰祇がほろりと涙をこぼした時、先ほど海松が現れた時と同じように、小さな光点が現れた。誰かが、結界を破って入ってこようとしている。

海松が戻ってきたのだろうか――。

身構えた椰祇の前で、光はぐんぐん強く大きくなり眩しさを増していく。

目が眩《くら》み、梛祇は思わず目を閉じた。

「渚っ！」

声とともに躍り込んできたのは、白銀の鎧に身を固めた紫翠だった。

その後ろに、冰蓉を捕縛した玄月も続いている。

「紫翠様っ！」と思わず叫んだ梛祇を、紫翠が訝しげに見た。

そして、梛祇の手の中で、息づくように輝いている珠を見て息を呑んでいる。

透明感のある瑠璃紺《るりこん》に銀朱や黄蘗《きはだ》、鶸萌黄《ひわもえぎ》を散らし、金沙《きんさ》、銀砂を蒔《ま》いたような煌めき。

「まさか……、その色……」と、紫翠が呻くように呟いた。

海松が落としていったのは、硯が印として天帝から授かる水晶の珠、光彩珠《こうさいじゅ》だった。

天帝の霊力が封じられているが、見た目は青灰色に曇った煙水晶と変わらない。銀の飾り金具がついていて、硯は皆、この飾り金具に銀の鎖を通し腰につけている。

光彩珠は硯にだけ反応し、掌に触れると万華鏡のように様々な色が浮き上がり光彩を放つ。光彩珠はそれを手にした硯の魂に反応して耀《かがや》くものなので、浮き上がる色や光彩は硯それぞれによって違い、ひとりとして同じものはないとされている。

かつて、天界の森で梛祇は紫翠に光彩珠の煌めきを見せたことがあった。

紫翠はそれを、覚えていたのに違いなかった。

天界の森で見せられたのと寸分違《たが》わぬ燦爛《さんらん》たる光が、渚が持つ珠から放たれている。

これは、どうしたことなのか――。

目の前に立つ渚の顔と光り輝く光彩珠を、紫翠はさも不審そうに見較《みくら》べている。

「まさか……」と紫翠は呻くように呟いてから、「……梛祇、なのか？」と低く訊いた。

「はい」と梛祇はうなずいた。

「紫翠様。……お会いしたかった」

「どうして……」と問う紫翠の声が、わずかに険しさを帯びた。

「いずれ神官となるために、お前は俺を捨てて奥宮へ入ったのではなかったのか」

ハッと息を呑み、梛祇は視線を泳がせた。

久しぶりに紫翠に会えた喜びのあまり、うっかり忘れていた。

「それは……」

光彩珠の光を目にしたことで、渚という人間に転生していた梛祇の魂が目覚め、同時にこれまでのすべての記憶も蘇っていた。

でも、今すぐここで、何もかもを詳《つまび》らかにすることはできない、と咄嗟《とっさ》に思う。

「会いたかったなどと、どの口が言う。俺に言い寄られて、お前は迷惑していたのではなかったのか」

詰《なじ》るように言われても何も答えられず、槻祇はうなだれるように俯いた。

槻祇には渚としての記憶も残っているのだが、それでも紫翠がどんな立場でここにいるのか判断がつかなかった。

夜叉の玄月と一緒に動いているということは、監察か何かの役職に就いたのだろうか。

どちらにしろ、思いがけない遭遇で紫翠に傷をつけるようなことをしてはならない。

もう二度と会えないと諦めた紫翠に、こうして再び会うことができたのだ。

それだけで、自分は満足しなければならない――。

唇を噛みしめた槻祇が、溢れそうな想いを押し殺そうと、無意識に手の中の光彩珠を強く握りしめた時、突然、低く重々しい声が辺りを払った。

『これよりお前の魂は人界へ流される。最初の器は、わたしが選んでやろう』

それは紛れもなく、神官長である槻祇の父蘇緋《そひ》の声だった。

『器の寿命が尽きた後《のち》は、輪廻《りんね》の輪に入り人界にて千年の禊《みそ》ぎを受けるのだ』

天帝の霊力が封じられた光彩珠は、覗に隠し事をさせないために、覗が心を閉ざそうとすると、核心の声を取り出して聞かせる力があった。

本来は、絶対の純潔、清浄を求められる覗の行動を縛るための機能なのだが――。

いけない――！

椰祇は慌てて、握りしめていた光彩珠を投げ捨てた。

土の上をコロコロと転がりつつ、光彩珠は煌めきながら椰祇の悲痛な涙声を再生した。

『本当に⁉　本当に約束してくださるのですね⁉　わたしが千年の禊ぎを受け入れれば、紫翠様はお咎めなしと、誓って約束してくださるのですね⁉』

『もちろんだ。だがそのためには、あの鬼神の未練、お前の手できっぱりと断ち切ってやらねばならぬ。椰祇、できるな？』

『…………は……い』

とても聞いていられず、椰祇は両手で顔を覆い、堪えきれない啜《すす》り泣きを洩らした。

魂を引き裂かれるより辛《つら》かった、あの時の決断――。

でも、そうしなければ、紫翠の命はない、と父に言われたのだ。

『覡は純潔、清浄をもって天帝陛下にお仕えする聖なる身。ましてお前は、いずれわたしの後を継いで神官長にもなろうかという身。それを鬼神如《ごと》きの分際で穢したとなれば、神官長として陛下に死罪相当と奏上せざるを得ない』

父の言葉に、椰祇は心底怯えふるえあがった。

冷酷無慙《むざん》な父ならやりかねないし、そうできるだけの権力も持っていると知っていた。

だから――。

「椰祇……」と、混乱に揺れる紫翠の声が聞こえた。

「……お前は、俺を護るために……？」

両手で顔を覆って泣きながら、椰祇は嫌々をするように首を振った。

突然のことにすっかり混乱してしまい、自分でも肯定したいのか、それとも否定するべきなのか分からなくなっていた。

「椰祇、顔を上げろ」

和らいだ声に促され、椰祇は恐る恐る顔を上げ紫翠を見た。

途端に、どっと涙が溢れ息が詰まっていた。

会いたかった。もう二度と会うことはできないと、断腸の思いで諦めた恋だった。

でも人界で、自分はそれと知らないままに紫翠と出逢い、再び惹かれていた。

それはおそらく誰も予想しない成り行きであり、椰祇にとっては僥倖《ぎょうこう》であったはずだったが、覚醒した今となってはどう受け止めればいいのか分からない。

当惑しためらう椰祇に、紫翠がもう一度、「椰祇」と優しく呼びかけた。

瞬間、長きにわたり抑圧されていた想いが堰《せき》を切っていた。

「紫翠様！」

半ば悲鳴のような声で叫ぶなり、椰祇は紫翠の胸に飛び込んでいった。

縋りついてきた梛祇を抱きしめて、紫翠も堪えきれず嗚咽《おえつ》を洩らしている。八百年前は触れ合うことすら許されなかった恋人たちは、今初めて互いを力の限り抱きしめ合った。

紫翠のぬくもりに包まれただけで、梛祇は気が遠くなってしまいそうだった。

歓喜にふるえ咽《むせ》び泣くふたりの後ろから、わざとらしい咳払《せきばら》いの声がした。

「はいはい、おふたりさん。劇的な感激の再会に、無粋な水を差すようですみませんけどね。続きは、帰ってからにしてもらえませんかね」

慌てて梛祇が紫翠から離れ振り向くと、玄月が冷やかすようにウインクしていた。

真っ赤になった梛祇の傍らで、紫翠も取り繕うように「そうしよう」と答えている。

「俺は、これから冰蓉を連れて天界へ戻る」

表情を改め真面目な口調で言った玄月を、梛祇は慌てて引き留めた。

「待ってください」

すっかり観念して座り込んだ冰蓉は、産土神としての力を失い命運が尽きたように影が薄くなりつつあった。これでは天界へ連れ戻されても、じきに消滅してしまうだろう。

そんなことは、冰蓉自身もすでに承知しているらしい。

虚ろな目には何も映らず、何もかもすべてを諦めきったような顔をしていた。

そんな冰蓉のもとへ歩み寄り膝をつくと、梛祇は労《いたわ》るようにその両手を握った。

何ひとつ感慨も浮かばない、疲れた目で冰蓉はぼんやりと梛祇を見ている。

梛祇の手がわずかに銀朱を帯びた仄かな光を放つと、冰蓉の顔つきが徐々に変わった。

哀しみと濃い諦念《ていねん》に覆われていた表情が和らぎ、目にも力が戻ってきた。

明らかに消滅の危機を脱した冰蓉の目から、大粒の涙がこぼれ落ちた。

「産土神として、あなたが長きにわたり人々を懸命に守護してきたことは分かっています。あなたは宝水鑑を大切に思うあまり、邪念を懐《いだ》く者に心を操られ利用されてしまった。でも、もう大丈夫。天界へ戻ったら、どうかありのままをすべて話してください。決して、あなたひとりだけで責を負う必要はありません」

「ありがとうございます。……ありがとう……ございます」

冰蓉は泣き咽びつつ深々と頭を下げ、ついには号泣した。

「凄《すご》いな。これが梛祇の癒《い》やしか……」

目を丸くし、口笛でも吹きそうな調子で言った玄月を、紫翠が誇らしげに見ていた。

「さて、それでは俺たちは退散しますかね」

玄月は冰蓉とともに、天界へ戻っていった。

「梛祇、お前はどちらへ帰りたい？　我が館か、それとも人界でのお前の住まい涯堂か」

「紫翠様のもとへ。どうか、紫翠様のお館へお連れください」

「分かった。では、参ろう」

「はい」

うっとりと紫翠の胸に頬を寄せ、梛祇は紫翠とともに次元を超えた。


紫翠とともに戻った梛祇は、まず表の屋敷で湯を使い身体を浄めると、枝梧が急遽《きゅうきょ》用意してくれた白絹の小袖と紫の差袴に着替えた。

それから、枝梧の案内で闇の館へと向かった。

次元回廊を抜ける直前、枝梧が「驚かれませぬよう」と耳元でひそと囁いた。

「えっ？」

「五百年、紫翠様は館の部屋から一歩も出ることを許されず、蟄居《ちっきょ》謹慎されました」

あなたのためにです、と梛祇を見つめる枝梧の目が語っていた。

「申しわけありません」

肩を窄《すぼ》めて謝ったが、紫翠の居室へ入った瞬間、枝梧の言わんとした真意が分かり、梛祇は両手で口元を押さえ惘然と立ち尽くした。

開け放された窓の外を覆い尽くしている、青鈍色の薄靄――。

光も射さず風のそよぎ一つない世界はあまりにも閴寂《げきせき》として、まるで時すらも失ってしまったかのようだった。

よもや紫翠様が、こんなところに――！

戦装束を解いて狩衣に着替え、ゆったりと寛《くつろ》いだ様子で椅子に腰を下ろした紫翠を、梛祇は唇をふるわせて振り向いた。

千年の禊ぎのために輪廻の輪に入った梛祇は、天人の記憶を封じられたまま人界で人として転生を繰り返してきた。

富裕な家に生まれても家族に恵まれなかったり、人としてそれなりに苦労は重ねてきた。

どの器も天人よりずっと短い生涯だったが、その時代、その時代で、胸襟を開いて語り合う友を得たり、夢や希望を追いかけたりして人生を謳歌《おうか》してきた。

それなのに、紫翠はここで五百年も、先の見えない、生殺しのような暮らしを強いられてきたのかと思うと、頰を思い切り張られたような衝撃に打ちのめされていた。

考えてみれば、自分たちは確かに想い合っていたが、破戒はしていなかった。

しかも紫翠は羅刹の後嗣だった。

だから、覗と想い合ったというだけで、いきなり死罪になどなるはずがなかった。

冷静に考えればすぐ分かるのに、あの時は動転してしまって判断できなかった。混乱につけ込んだ父にまんまと騙《だま》された、自分の愚かさに歯噛みしても今さら遅い。

「ごめんなさい」と、梛祇は涙声で謝った。

「何を謝る」

「父は……、あんな父でも、僕との約束は守ってくれると信じていた……」

「神官長としては、何よりもまず己の保身が先に立ったんだろう。自分の後継者にと目していた息子の不祥事は、打つ手を間違えれば神官長としても命取りになりかねない。すべての罪を俺に被せて、梛祇は被害者ということにして千年の禊ぎに出してしまえば、いずれほとぼりも冷める。そうすれば、自らの地位も安泰だと考えたのだろう」

誰を責めるでもなく、紫翠は淡々と言った。

そんな紫翠に、梛祇は伏し目がちに小さくうなずいた。

梛祇の父蘇緋は、名家の出ではなかった。

まだ幼い頃、先々代の神官長に見いだされて覡となり、長じて神官となり、ついには神官長まで上り詰めた野心家である。

でも、自身の出自に密かな劣等感を持っていたから、自分より下の身分とはいえ、鬼神の名家である羅刹の後嗣であった紫翠を、必要以上に憎んだということもあったのだろう。

「本当に、ごめんなさい」

「もう謝るな。梛祇だけが悪いわけじゃない。俺だって若気の至りで、身分違いを承知で、梛祇と本気で添えると思い込んだ。自惚《うぬぼ》れがあったんだ」

小さく首を振って、梛祇は紫翠の傍らへ行った。

「どうする？」と紫翠が訊いた。

「えっ？」と首を傾げた梛祇の手を握り、紫翠は真っ直ぐに双眸を見つめてきた。

「天界へ戻る気があるなら、今ならまだ間に合う。枝梧を通じて天界へ連絡を取れば、すぐに神殿から迎えの使者が来るだろう」

「帰らない」

即座にきっぱり否定すると、梛祇は自ら紫翠に口づけた。

唇と唇がそっと触れあう程度の口づけだったが、紫翠は驚いたように目を見開いている。

「僕は、もう二度と父の道具にはなりたくない。だから……、どうか僕を……今すぐ……紫翠様のものにして」

途中で、自分はとんでもなくはしたないことを口にしていると気づき、梛祇は耳まで真っ赤になっていた。

それでも、羞恥《しゅうち》に口ごもりつつも最後まで言い切った。

「いいのか？　そんなことをすれば、本当にもう二度と天界へは戻れないぞ」

「かまわない。紫翠様のいない天界になんか戻りたくない」

きっぱり断言してから、梛祇はきゅっと唇を引き結んだ。

このことが父の耳に入れば、何をされるか分からないと怖れたのである。

前回は仲を裂かれ引き離されるだけですんだが、今度こそ命を奪われるかもしれない。

自分はそれでもいい覚悟だが、紫翠の身にまで危害が及んだら――。

梛祇の胸に兆した危惧《きぐ》を察したように、紫翠の唇に仄かな笑みが浮かんだ。

「もしも梛祇を抱いたとバレたら、今度はこの闇の館どころではすまないだろうな。最下層の無間地獄にまで叩き墜とされるかもしれない」

無間地獄は、そこへ墜ちるまでに二千年を要すると言われるほど深い底にあり、四方八方を火炎に包まれた最も苦痛の激しい地獄とされている。

「そうしたら、僕もともに墜ちる。紫翠様と一緒なら、少しも怖くない」

打てば響くように返した梛祇を、紫翠は目を細めるようにして見た。

それから、そっと手を取り膝に座らせた。

互いの決意を確かめ合うように見つめ合ってから、梛祇は静かに目を閉じた。

紫翠のしっとりと柔らかな唇が重なってくると、誘《いざな》われるようにごく自然に口を開いた。

厚みのある舌が梛祇の舌に絡みつき、牙が唇をやんわりと刺激する。

それだけで梛祇は背筋をふるわせ、身体を熱くした。

恥ずかしいのに幸せで、口づけだけで甘い疼《うず》きが身体の芯を火照らせていく。

膝の上に梛祇を乗せたまま、紫翠は器用に梛祇の袴を脱がせた。

小袖の裾を割って入り込んだ紫翠の大きな手が、誰にも触れさせたことのない双丘を撫で回している。

前へ回った紫翠の手が、早くも熟れきって爆発寸前の梛祇をやんわりと握り込む。

紫翠に握られたと思う間もなく、梛祇は「あっ……」と悲鳴のような叫びをあげ、紫翠の手を濡らしてしまっていた。

「……ご、ごめんなさい」

恥ずかしさで消え入りそうになりながら謝った梛祇を、紫翠は愛《いと》しげに抱きしめた。

「さっきから、梛祇は謝ってばかりだな……」

「だって……」

「もう謝るなと言っただろう」

耳元で優しく囁きながら、紫翠の濡れた手が双丘の狭間へと忍び寄る。

そのままつぷっと指を差し込まれ、梛祇は声もなく身をふるわせた。

「怖いか？」

椰祇の奥深くを指先で慎重に探りながら、紫翠が気遣うように訊いた。

「……こわ…くない」

紫翠の肩に縋りつき、椰祇は羞恥にふるえながら囁くように答えた。

本当は怖かったけれど、紫翠のものになりたい気持ちの方が勝っていた。

紫翠の太い指が、椰祇の柔らかな粘膜を押し広げ、解《ほぐ》すように捏《こ》ね回している。

指先が内奥の粘膜を擦《こす》るようにすると、びりっと電気が走ったような衝撃を感じた。

果てたばかりの身体の中心が、再び凝縮し熱を持っていく。

「あっ……、し…すい……さ……ま……っ」

思わず怯えたように縋りついた椰祇の耳元で、「紫翠だ」と甘い囁きがした。

熱い吐息を洩らしつつ小首を傾げた椰祇に、紫翠がもう一度「紫翠、だ」と囁いた。

「…しす……い……」

「椰祇……」

耳朶《じだ》を食《は》むようにして呼ばれただけで、椰祇は堪える間もなく再び達してしまっていた。

ぐったりともたれかかった椰祇の体内で、いつの間にか二本に増やされた紫翠の指が、それぞれ別の意志を持った生き物のように蠢《うごめ》いている。

奥の奥を探られると、椰祇は水から出された魚のようにビクビクと跳ねた。
「お願……い……」と、椰祇は喘《あえ》ぎながら懇願した。
「僕を、早く紫翠だけのものにして。もう誰にも奪われ……ない、ように……」
「椰祇は俺のものだ。誰にも渡さない」
「嬉しい」
うっすらと微笑《ほほえ》んだ椰祇を横抱きにして、紫翠が立ち上がった。
そのまま寝台へ運ばれ横たえられる。
帯を解かれ小袖をはだけられると、ほっそりとしなやかな椰祇の裸体が露《あら》わになった。
もう怖さはなく、羞恥より期待の方が上回っていた。
閉じていた目を開け、椰祇は薄闇に浮かび上がった紫翠の逞しい裸体を見た。
自ら誘うように両手を差し伸べると、紫翠がゆっくり覆い被さってきた。
ついに、紫翠と一つになる。
胸の裡に残る、本能的な怖れを凌駕《りょうが》してあまりある歓び――。
重なってきた紫翠の身体の重みと熱さに、椰祇はうっとりと目を閉じた。
喘ぐように深く息を吸い込むと、紫翠の肌に移った香の香りが椰祇を甘く刺激した。
大きな手が、気遣うように優しく髪を梳《す》き撫でてくれる。

手は髪から頬へと滑り、引き結ばれた唇に触れ、首筋へ流れていった。
紫翠に、素肌を直接触れられている。
そう思っただけで、身体が爆発してしまいそうなほど嬉しくてたまらない。
自分も紫翠に触れたい。所在なく寝台に投げ出していた腕をおずおずと持ち上げると、
梛祇はためらいがちに紫翠の背にそっと回してみた。
抱きついたりしたら、はしたないと思われてしまうだろうか。
でも、やっぱり抱きしめたい。
指先でそっと肩胛骨《けんこうこつ》をなぞると、紫翠がびくりと反応したのが分かった。
慌てて手を放すと、大丈夫というようにこめかみに唇が押しつけられた。
耳元を、紫翠の熱い吐息が掠めていく。
もしかして、感じてくれている——!?
喜びが、梛祇を少しずつ大胆にさせた。
自分の胸に顔を伏せている紫翠の頭に生える、二本の角。
白銀に輝く角に、梛祇はそっと手を触れ唇を寄せた。
先端を舌先でちろりと舐《な》めると、紫翠は驚いたように動きを止め顔を上げた。
「…ごめ……」

ごめんなさいと言いかけた口を塞ぐように、紫翠が愛しげに啄んだ。

「初めて会った時から、ずっとこうしたかった。夢の中で、俺は何度も破戒していた」

「……僕も……」

梛祇も含羞《はにか》んだように微笑んで、どちらからともなく唇を貪り合った。

「神殿に続く冀光門《きこうもん》に、大きな鬼神像があったの、覚えてる？」

懐かしそうに、紫翠がうなずいた。

「紫翠に会えない時、僕はいつもあの像の前に立って紫翠を思っていた。でも、森で水浴びしていた紫翠は、あの像よりずっと神々しくて眩しかった」

「ふうん」と紫翠は素っ気なく答えた。

「……こんな話、つまらない？」

「そんなことはない。梛祇が話したいなら、話せばいい」

目許を微かに赤くして、紫翠はさらに素っ気なく言った。

素っ気ないのは、興味がないのではなく照れているんだ——。

「うふ」と、梛祇は思わず笑った。

「なんだ？」

「紫翠は可愛いなって思って」

「からかうな」

むくれた唇に、梛祇は自分から口づけた。

「からかってなんかいない。だって、今、夢みたいに幸せなんだ」

「俺もだ」

「紫翠」

「梛祇」

「愛してる。紫翠だけを愛してる」

「俺の命は、梛祇のものだ。だから、梛祇を全部、俺にくれ」

微笑みながらうなずいた梛祇の両脚を、紫翠が大きく開かせた。

いよいよ紫翠と一つになれる歓びに胸が高鳴っているのに、やっぱり未知の領域へ踏み込む怖れも残っていて身体が強張ってしまう。

「お願い。優しくして」

「優しくするに、決まっているだろう」

紫翠が梛祇の腰を抱え、熱くぬめる先端を押し当てた。

「あっ、あぁっ……」

燃えるように熱い塊が、梛祇の粘膜を押し広げ、奥へ奥へと進んでくる。

その身を裂かんばかりの圧倒的な充溢感《じゅういつ》に仰《の》け反《ぞ》るように背筋を反らし、梛祇は浅く速い呼吸を繰り返した。

ゆっくりと馴らすように梛祇の最奥まで入り込んだ紫翠は、梛祇の呼吸が整うのを待つようにじっと動かなかった。

それでも、身の裡で息づく、紫翠の熱さや形までもが生々しく感じられる。

ついに自分は紫翠と一つに繋がったのだ、と思うと、苦しいのに幸せでいっぱいだった。

八百年前、手を握るどころか肩を寄せ合うことも許されなかったふたりが、こうして互いの身体を繋げ快感を貪り合おうとしている。

まさに夢のようで、考えただけで頭がくらくらして目眩がしそうだった。

深々と梛祇の中に身を沈めた紫翠が、様子を窺うようにゆったりと動き始めた。

途端、凄まじい異物感に、梛祇は「あっ、あっ……」と悲鳴をあげ紫翠に縋りついた。

「う、動かないで……」

「大丈夫だから、俺を信じて任せてくれないか」

梛祇が閉じていた目を開けると、紫翠が気遣わしげに見つめていた。

その情欲に潤んでいるような目を見つめ返し、梛祇は黙って小さくうなずいた。

「ありがとう」と上擦った声で囁いて、紫翠が再び動き始めた。

強烈な異物感は少しずつ薄れ、その奥から甘い痺《しび》れが広がってきた。

苦しいけれど、ゾクゾクと背筋を走り抜けていく感覚がある。

全身が火照って、まるで燃えているようだった。

その甘苦しい熱さに、これは夢ではないのだと、椰祇は改めて実感した。

「紫翠、紫翠……」

喘ぎながら、椰祇は譫言《うわごと》のように呼び続けた。

紫翠によって、身体の最奥まで穿《うが》たれ擦られると、全身にビリビリと電流が走った。

椰祇自身はすでに二度も達していたが、その刺激は椰祇にさらなる甘い疼きをもたらしていた。恥知らずにもまたもおずおずと頭を擡《もた》げた椰祇を、紫翠の手が握り込んでくれる。

律動に合わせるように扱《しご》かれ、椰祇は羞恥も忘れ、喉奥から迸《ほとばし》るような声をあげた。

頭の芯まで白光するように熱くなって、もう何も考えられない。

下半身がどろどろに溶け崩れていくようで、力を入れようにも痺れて入らなかった。

ただただ紫翠に与えられる快楽を貪り続ける椰祇の瞼《まぶた》の奥で、光彩珠よりも鮮やかに煌めく光が狂うように踊っていた。

渦巻く光の乱舞が音もなく弾け飛んだ時、椰祇は紫翠とともに上り詰めた階《きざはし》の、さらに先の高見へと身を躍らせた。

「愛してる」

薄れゆく意識の底で、梛祇は紫翠の囁きを聞いたような気がした。

「梛祇は俺が必ず護る。命に替えても護るから」

うっとりと幸せな笑みを浮かべ、梛祇は深い眠りの底へ滑り込んでいった。


冰蓉を天界へ護送していった玄月が、再び闇の館を訪れたのは、人界の時間で十日あまりが経ってからのことだった。その間、天界からの音沙汰は一切なかった。

万が一、梛祇を天界へ連れ戻そうとする者が現れたら、それが誰であろうと断固撃退する。そう宣言して、この十日間、紫翠は戦装束のまま、片時も梛祇の傍を離れずにいた。

二度と会うことはできない、と一度は覚悟を決めた恋人と、こうして人界で巡り逢えたのはまさに奇跡としか言いようがない。

もう誰にも邪魔はさせない。この僥倖を無駄にしてなるものか。

どうしても引き離されるというなら、地の果てまでもふたりで逃げるしかない。

梛祇もそう心に誓って、紫翠の傍を離れずにいた。

そんな悲壮な覚悟を決めたふたりを見て、枝梧も腹を括《くく》るしかないと思ったのだろう。

館全体で臨戦態勢を整え、万が一の場合はたとえ敵《かな》わずとも、紫翠と梛祇が落ち延びるだけの時間は稼いでみせると言ってくれた。

久しぶりに天界から降りてきた玄月は、そのあまりに物々しい様子を見て、半ば呆れたように、でもかなり羨《うらや》ましげに笑った。

「気の毒だが、梛祇の親父さんは失脚したよ」と、玄月はさらりと言った。

「海松が参籠していると見せかけ、その実、眼力で仲間の覗を欺き、勝手に人界へ降りたあげく、人間まで巻き込んだ騒動を引き起こしたことがすべて露見してしまったんでね」

特別な感慨もなく、梛祇は玄月の話を聞いていた。

「海松は？　兄はどうなったんですか」

「消えた」

言葉もなく目を見開いた梛祇に、玄月は肩を竦めた。

「宝水鑑が盗み出された時と同じパターンだな。行方は分からないが、おそらく冥界へ落ち延びたんだろうというのが、大方の見方だ」

「海松が冥界へ……」

「冥界で、海松がどんな処遇を受けるのか、俺たちには知るよしもない。分かっているのは、もう二度と天界へは戻れないってことだけだ」

「兄は、どうして、僕を殺そうとしたんでしょう」

「梛祇がいなくなってから、神殿の先読みが甘くてさあ」と玄月は嘆くように言った。

「今回だって、宝水鑑が近々動くかもしれないとご託宣を降してから、もしかしたらもう動いてるかもしれない、なんて訂正が入ったりするんだ。どっちなんだよって、話でさ。で、禊ぎはまだ済んでないけど、この際、梛祇を呼び戻したらどうだって話が出てたらしいんだな。海松はそれを聞いて、梛祇は蘇緋殿の後を継ぐために呼び戻されるんだと、なぜか思い込んじゃったみたい。兄である俺を差し置いてって、思ったんだろうなあ」

「僕は、父の後継者になりたいなんて、思ったこともないのに……」

「どういうわけか、海松は自分よりも梛祇の方が、蘇緋殿に気に入られ可愛がられているとずっと思ってたらしい。だから、ことさら梛祇が憎かったんだろう。八百年前、紫翠と梛祇が恋仲だと、蘇緋殿に密告したのも海松だった」

子供の頃は、仲のよい兄弟だったのに、と梛祇は肩を落とした。

「あちらの方は、海松の邪《よこしま》な思いを知って、格好の退屈しのぎを見つけたとでも思ったんだろうねえ。冰蓉に手を貸して宝水鑑を奪い取ってくれれば、望みはなんでも叶《かな》えようと誘惑した。それを聞いて海松は、得意の眼力で古美術商を操り、競売で宝水鑑を競り落とそうとしたってわけ」

「でも、冰蓉は資金がショートして競り落とせなかったって……」

ため息交じりに、玄月が肩を竦めた。

「海松の狙いは、宝水鑑じゃなくて梛祇の命だったからね。わざと宝水鑑を梛祇の手に渡して、冰蓉を操り殺させようとしたみたい。でも、店へ乗り込んだ冰蓉は、梛祇を殺すことができずに戻ってきちゃった。あいつ、基本、すごく優しい、いいヤツだからさあ」

ため息交じりに、玄月は肩を竦めた。

「冰蓉を言いくるめて、大事にしていた鏡を取り上げて、古美術店へ持ち込んだのも海松だった。眼力の遠隔操作？　そんなことができるんだねえ。鏡が梛祇の手に渡るように仕向けて、なんとか自分の手を汚さずに梛祇を亡き者にしようと画策したんだな。裏で糸を引いて暗躍してる時点で、自分が充分手を汚してることに気づけなかったんだから、憐《あわ》れっちゃ憐れだけどさ」

伏し目がちに、梛祇は小さくうなずいた。

「冰蓉の処分は、どう決したんだ」

「爺様と親父連名の減刑嘆願が功を奏して、百年の入牢《じゅろう》ですむことになった。神妙に務めれば、直に仮放免のご沙汰が下るっしょ。そしたら、俺が引き受けるよ」

「よかった」

「ああ、よかったな」

ほっと安堵した顔を見合わせている梛祇と紫翠を、玄月がおかしそうに見ている。

「僕の顔に、何かついてますか？」

「ふたりとも、他人の心配ばかりして、自分たちのことは訊かないんだなと思ってさ」

「訊くまでもない。誰がなんと言おうと、梛祇は誰にも渡さない」

赤面した梛祇の隣で紫翠がきっぱりと言い切ると、梛祇はなおさら赤くなった。

「ああ、はいはい、ごちそうさまっと……。天帝陛下のご聖断により、ふたりは闇の館に留め置きとなった。近々、正式な使者が天界から遣わされるだろ」

光も射さず風も吹かない闇に閉ざされた館であっても、ふたりで一緒に暮らせるなら、天界にいるのと同じである。

ホッと肩の力が抜けていくのが分かって、梛祇は紫翠と微笑み合った。

「反対意見もあったらしいけど、天帝陛下が、『人界に墜とされてなお、ふたりが再び巡り逢い想い合ったのなら、その縁《えにし》を断ち切ることはもはや誰にもできないだろう』と、仰せになられたそうだ。まあ、だからといって、さすがにふたり揃《そろ》って大手を振って天界へ復帰、というわけには残念ながらいかないしねえ。無難な落としどころということで、闇の館で存分に愛を語らってもらおうってことでしょ」

あけすけな玄月の言い方に、梛祇は頬が熱くなるのを感じた。

「さすがに天帝陛下。話がお分かりになっていらっしゃる」

それなのに、隣の紫翠はしれっとしてそんなふうに答えている。

恥ずかしさと嬉しさがごちゃ混ぜになって、梛祇は耳まで赤くして俯いた。

「で、涯堂はどうするの？　このまま閉めちゃうの？」

こほんと咳払いをして、梛祇は体勢を立て直した。

「もし、お許しがいただけるなら、せっかくなのでもう少し続けていきたいと思います。その方が、天界から持ち出された貴重な品を探すのにも便利じゃないかと思うし。微力ですけど、玄月様や紫翠のお手伝いもできると思うので」

杳宮渚として生きていた梛祇の魂が覚醒したことで、渚の時の歩みは人間ではなく天人のものとなった。

でも、まだしばらくは杳宮渚として人界で活動を続けても、不自然なことはないだろう。

「いやいや、微力じゃないでしょ。頼りにしてますよ。さてと、俺はそろそろ戻るかな」

「もう戻られるんですか？」

「なんだ、酒でも飲んでいけばいいのに」

「何を言ってるんだよ。ふたりともほんとは、野暮なお邪魔虫はさっさと帰ればいいのにって思ってるくせに」

「そ、そんなこと思ってませんよ」

椰祇は慌てて首を振ったが、紫翠は困ったように苦笑している。実は図星だったらしい。

「やれやれ……」と、玄月はぼやいた。

「ああ、そうだ。大事なことを忘れるところだった。これは陛下から椰祇へ恵賜のお品」

「えっ？　陛下から？」

玄月から渡された小箱を椰祇が開けると、中には光彩珠が入っていた。

千年の禊ぎのために人界へ降ろされる時に返却した、椰祇の光彩珠である。

「これ……。僕はもう、覡ではないのに……」

「陛下が、紫翠と椰祇の安寧を祈って、新たな霊力をお込めくださったそうだ」

「新たな霊力？」

「うん。椰祇にそれを持たせて、館の外を歩かせてみるように、とのお言伝《ことづて》だそうだ」

箱の中から光彩珠を取り出すと、椰祇は館の外へ駆けだした。

すると、それまで薄闇に閉ざされていた館の周囲に、光彩珠から溢れ出た光が満ち、それとともに荒涼とした大地が露わになった。

驚きに立ち止まった椰祇が、空高く光彩珠を掲げると、抜けるような青空が広がった。

同時に、まるで丸めた絨毯《じゅうたん》を転がし広げるように、赤茶けた不毛の大地がみるみる緑で埋め尽くされていく。

鮮やかな緑の絨毯が行き着いた先には、新緑滴る森が誕生していた。

あっという間に広がった森へ続く野原には、色とりどりの花が咲き乱れている。

それは、かつて天界にいた頃、紫翠と椰祇が人目を忍んで会っていた、あの懐かしい森と野原の再現だった。

「紫翠！　見て！」と、椰祇は両手を広げ歓喜の叫びをあげた。

窓から紫翠が玄月とともに、驚きの表情で光り輝く明媚《めいび》な景色を眺めている。

また花を摘もう、と椰祇は思った。

花籠にいっぱいの花を摘んで、今度は神殿ではなく紫翠の部屋に飾ろう。

紫翠と一緒なら、この先、何があっても怖くない。

ふたりで手を携えて、必ず幸せになってみせる。

吹き抜ける薫風に紅潮した頬を向けながら、椰祇は固く心に誓っていた。


（了）

あとがき

こんにちは。『巡り愛鬼神譚』を、お手にとっていただきありがとうございます。

今回は鬼神のお話ですが、実のところプロット段階からとても苦労してしまいました。

こうして、なんとか出版まで漕ぎ着けることができましたのは、ひとえに担当さんのご尽力と忍耐の賜です。ご迷惑ばかりで、申しわけありませんでした。

今回、イラストを小山田あみ先生にお願いできましたのは、まさに望外の喜びでした。憧れの小山田先生に描いていただくことができ、紫翠も渚も果報者です。

お忙しい中、お引き受けいただきありがとうございました。

私事でいろいろと事情もあり、たくさんお仕事をすることができずにいますが、書きたい気持ちだけはまだ失っていません。これからも、忘れず応援していただければ嬉しく思います。今後とも、高塔望生をどうぞよろしくお願いいたします。

高塔望生

ラルーナ文庫

この本を読んでのご意見・ご感想・ファンレターなどお待ちしております。〒111−0036 東京都台東区松が谷1−4−6−303 株式会社シーラボ「ラルーナ文庫編集部」気付でお送りください。

本作品は書き下ろしです。

巡《めぐ》り愛《あい》鬼《き》神《じん》譚《たん》

2019年11月7日 第1刷発行

著　　　者｜高塔《たかとう》 望生《みお》
装丁・DTP｜萩原 七唱
発　行　人｜曺 仁警
発　行　所｜株式会社 シーラボ
〒111-0036 東京都台東区松が谷1-4-6-303
電話 03-5830-3474／FAX 03-5830-3574
http://lalunabunko.com
発　　　売｜株式会社 三交社
〒110-0016 東京都台東区台東4-20-9 大仙柴田ビル2階
電話 03-5826-4424／FAX 03-5826-4425
印刷・製本｜中央精版印刷株式会社

 ISBN978-4-8155-3223-9